村上春樹・横光利一・中野重治と堀辰雄

——現代日本文学生成の水脈——

竹内清己

鼎書房

目　次

現代日本文学生成の水脈——序に代えて……5

Ⅰ　村上春樹と堀辰雄

村上春樹へ／堀辰雄から
——アメリカへ／フランスから——

一、発　端——村上春樹へ／堀辰雄から……17
二、モダニズム——川端康成の評言と構想から……28
三、ポストモダニズム——江藤淳の評言と構想から……31
四、帰　結——アメリカへ／フランスから……36

II　横光利一と堀辰雄

「新感覚」の「供物」／「生命」の領略
――横光利一・『静かなる羅列』『ナポレオンと田虫』と
『春は馬車に乗つて』『花園の思想』の聯繫から見る――
一、序　説――伊藤整の堀論、横光論……43
二、「新感覚」の「供物」……47
三、「生命」の領略……52
四、「文学」の驍将……62
五、看取りの妻たち／愛しの女性たち……65

看取りのフィアンセあるいは青春の別れ
――横光利一『春は馬車に乗って』『花園の思想』と
堀辰雄『風立ちぬ』に見る……68

III　堀辰雄と中野重治

現代日本文学の〈ヴィ〉堀辰雄と中野重治

——一九二〇年代・「驢馬」の時代
一、「驢馬」以前——感受性の行方……91
二、「驢馬」の時代——作品の展開……102
——一九二〇年代（二）
三、「驢馬」の時代——芥川龍之介とその超克……114
四、「驢馬」以後——様々な批評……132
——一九三〇、四〇年代・二つの道
五、一九三〇年代——入院、入獄を挟む文学……144
六、昭和十年代——戦時下の文学……153
——戦後の道・別れの曲

七、新　生――戦後の文学……161
八、堀辰雄の病没と史的確認……168
九、中野重治の没後と現代……178

Ⅳ　村上春樹への射影

村上春樹への射影／江藤淳『昭和の文人』の堀辰雄
――生い立ちの事実、リアリズム、フォニーをめぐる――
一、生い立ちの事実……188
二、リアリズム、フォニー……213

初出一覧……235
あとがき……237

現代日本文学生成の水脈――序に代えて

ほうとする程長い白浜の先は、また、目も届かぬ海が揺れてゐる。其波の青色の末が、自《オノ》づと伸《ノ》しあがるやうになつて、あたまの上までひろがつて来てゐる空である。ふり顧《カヘ》ると、其れが又、地平をくぎる山の外線の立ち塞つてゐるところまで続いて居る。

ふいと、「昭和二年六月頃草稿」と銘打たれた折口信夫＝釈迢空の『古代研究』所載「ほうとする話」が浮んだ。「蓋然から、段々、必然に移つて来てゐる私の仮説の一部なる日本の祭りの成立」の話の書き出しである。

本書Ⅰ「村上春樹へ／堀辰雄から」が成った折、かつて扉に「そはまこと現代日本文学の海路に浮かぶbuoy（標）にしてvie（生）なるを」と掲げて連載したⅢ「堀辰雄と中野重治」に思い至り、Ⅱ「「新感覚」の「供物」／「生命」の領略」の横光利一論を挟んで成る一書を構想した。Ⅰは、現代アメリカ文学との同時代的連関が語られ、日本文学、とりわけ現代日本文学との断絶が語られてきた村上文学に、たとえそうであっても日本文学であることは紛れようもなく、とりわけ同時代の戦後文学との連関が強いはずだという想定から出発した。そこに堀文学との連関が見出され、村上におけるアメリカと堀におけるフランスとの相似から、「現代日本文学生成の水脈」が見出されることとなった。これも、「蓋然から、段々、必然」に移って来ていた私の「仮説」ではないか。

この想定には、もはや古風かもしれないが、T・S・エリオットの『文芸批評論』（一九三八、矢本貞幹訳）の次の一節があった。

> 現在残っている著名な作品はおたがいに理想的な秩序を形成しているが、この秩序は新しい（ほんとうに新しい）芸術作品がそこへ入ると変更されるのだ。

この伝統墨守の特権性をそのまま奉じるものではないが、まずもってこれを試金石に当該作品に当たるのが私の習い性になっている。そうして、まこと「著名な作品」の中に堀の作品があり、それが日本文学の「理想的な秩序」の形成に参画しており、今日「新しい（ほんとうに新しい）芸術作品」のなかに村上の作品があり、その参入によってその「秩序」に「変更」がもたらされたのだ、そう確信するに至った。さらに、書き下ろしてⅣとした「村上春樹への射影／江藤淳『昭和の文人』の堀辰雄」では、『風の歌を聴け』の「群像新人賞」受賞に際しての、丸谷才一の「日本的抒情とでも呼ぶのが正しいやうな趣」「日本的抒情によつて塗られたアメリカふうの小説」という「選評」に出逢うこととなった。

ほうとする程長い日本文学の流れ、その先に、既成の近現代文学史の偏向が指摘され、その修正が模索されて久しい。それは自然主義、その日本的感性の展開であった私小説的リアリズム偏重の文学史と、大まかに言っておこう。その淵源を今はたどらない。しかし結論的に言えば、この国に生成される文学の総体は、近現代にあってなお、つねに「理想的な秩序」のバランス・シートの形成に向かっていた。新しい文学作品を迎え入れて、その「変更」を繰り返してきた。逆に、この国の近現代の批評と研究が根強い偏向を繰り返しているのだということだった。これは、村上への堀からの連関から、新感覚派モダニズムの横光に、さらに「驢馬」同人のプロレタリア・マルキシズムの中野に遡行し、しかして村上と堀に立ちもどっての往還の結論である。

ここに、はしなくも江藤淳という批評家が浮上することとなった。

江藤はむしろ既成の文学史の偏向を糺す批評家として出発した。『作家は行動する』において作家の「主体性」を軸に大江健三郎、開高健ら「戦後世代」を代弁した。しかし『成熟と喪失』において第三の新人を軸に戦後（派）文学の批判に廻った。「無条件降伏論争」を興して「言語空間の歪み」を糺して鮮明だった。しかし、本書で遭遇したのは、江藤の「フォニー」論から『昭和の文人』に継がれる堀文学の否定論、いわば先の「理想的秩序」からの締め出しであった。同時に村上文学の隠れ否定論、その「新しい（ほんとうに新しい）芸術作品」からの締め出しだった。その根拠となったのは、またしても既成の文学史の偏向に連なるリアリズムの偏重だった。

むろんリアリズムは、今日なおW・C・ブースの『フィクションの修辞学』（一九九一、米本・服部・渡辺訳）に、一般原則1「真の小説は写実的であるべきだ」とあるごとく、小説の第一原則である。しかし、江藤が『リアリズムの源流』で拠った源流とは、坪内逍遙の『小説神髄』、二葉亭四迷の「小説総論」に見出すリアリズムであり、正岡子規や高浜虚子の写生文に発した夏目漱石から志賀直哉への展開であったのは、日本文学の水脈をいささか狭小なものとするものでなかったか。それが現今の文学状況を矯正しようとする苛烈なものであったとしても。そこでは堀や村上の方法の実践も、貧寒たるものとなる。いな、フォニーとして、「空っぽで見せかけだけの。インチキの、もっともらしい」「反義語はリアル」(「フォニイ考」)のさえたるものというのでは。そこでは文学の変革を支える虚構性も実験性も狭隘なものになる。

短歌における斎藤茂吉の「実相観入」や島木赤彦の「鍛錬道」、小説における島崎藤村の「人生の従軍記者」から伊藤整の「仮面紳士から逃亡奴隷」など「私」の屈曲が、近現代文学をどれほど鍛錬し陶冶したかは計り知れない。それらは西欧の主にノヴェルの系譜に連なる。日本文学においても、日記や随筆などの自照文学の伝統に脈絡する。しかし『小説神髄』にして「緒言」の冒頭に、「盛んなるかな我が国に物語類の行はるゝや」と源氏、狭衣、浜松、住吉物語、戯作、滑稽、洒落、人情本を挙げているように、それらがノヴェルへの改良の対象として説かれているとはいえ、西欧の主なるロマンの系譜に連なるものがあり、日本文学の伝統に脈絡するのは明らかだった。

西欧二十世紀文学の受容、昭和現代日本文学の出発点にあった「驢馬」を総評して、小林尚は、「昭和文学のぜんたいの基本的などうこうは、なんといつてもマルクス主義文学の定着と西ヨーロッパの前衛文学の移植、この両者による既成のリアリズムの打破、つまり自然主義的人間観の克服にあった」として、「のちのいわゆるプロレタリア文学派を代表することになる中野重治と、のちのいわゆる純粋芸術派の堀辰雄（当時はアポリネエルやコクトオなどの先端的な芸術主義の紹介に専心していた）が仲良く同居していた「驢馬」こそは、やはりどこから見ても、既成文学概念の克服を目ざした革新的な文学動向の主要な萌芽として、たしかに「あざやかで、きわだった存在」であった」とした。これは平野謙のいわゆる「三派鼎立」説に重なっている。これに対して、江藤はなぜ中野と堀を褒と貶とに分かたなければならなかったのか。江藤の『昭和の文人』は平野、中野、堀論の展開であって明らかに「三派鼎立」説を意識するものだった。しかして江藤による堀の「貶」は、本書に論ずるところであった。中野の「褒」もまた、中野のプロレタリア・マルキシズムをまっとうに評価したものではない。シニシズムに翳っている。

江藤はどうしてこのような批評の限界、限定に殉じることになったたか。「江藤淳と現代文学」といった別論を要することだが、江藤と吉本隆明の最後の対談「文学と非文学の倫理」はその消息を明らかにする。その点でこれを回想した江藤没後の吉本の大塚英志との対談集『だいたいでいいじゃない。』の次の発言は、まことに示唆的だった。

だいたい日本の現在の文芸批評家のオーソドックス……といったらおかしいんですが、昔の純文学から出てきた文芸評論、つまり小林秀雄から出てきた日本の近代評論、そして現代評論の流れの中にいる限りは、そういう評価になるのもある意味では当然だということになるわけですね。そうすると、村上春樹にも村上龍にも、偽者じゃないか、擬似的なところがあるんじゃないかという評価が出てくる。

江藤は『昭和の文人』で告白しているように、まさに感受性における堀文学への親炙を棄てて、漱石へ小林へ移って自己の批評文学を確立した。そしてここに堀文学をフォニーとして否定し、その亜流とサブカルチュアーとして村上文学を無言のうちに否定して、これを貫いた。小林はモダニズムとマルキシズムを様々なる意匠として排して、ボードレール、ランボーの世紀末文学のヴィジョンを志賀直哉の「私小説」の極北に射影して、その「ウルトラ・エゴイズム」を受諾した。既成のリアリズム文学に身を寄せて昭和の批評文学を確立した。江藤の戦後批評はこれを継ぐものだった。それは現代批評文学の主流を形成した。現代日本文学の批評の準拠として、私もその有効性を疑わない。これを定点として、言ってみれば、小林の「作者の宿命の主調低音」を聴くために、作品の意匠を剥ぎつつモダニズムやプロレタリア・マルキシズムを含めて現代文学の総体を批評するのである。しかし、それが現代日本文学に限界や限定をもちこみ、そこに生動する文学の眺めを貧しいものにしなかったか。そうしたことが、江藤の村上や堀の否定評としてあらわれたのではなかったか、というのが本書の「仮説」である。

敗戦・戦後文学は、既成文学と民主主義文学に対峙した戦後派文学の台頭に、むしろ先んじて無頼派・新戯作派文学が全き姿をあらわしたところに出発した。このことは看過してはならない。

永井荷風のいち早い復活は無頼派・新戯作派に呼応する。無頼と戯作は、江戸文学、さらに古代のスサノオやヤマトタケルにまで遡る。かつて拙著『日本近代文学伝統論　民俗／芸能／無頼』に大概を論じることとなった。堀のパートナー神西清が、戦後、堀文学の延長上に石川淳を評価して『焼跡のイエス』『処女懐胎』を論じ、三島由紀夫について「仮面と告白と」「ナルシシズムの運命」を書いてそれぞれの最初期に優れた批評を呈していることは、これまた見逃せない。フアルスから出発した坂口安吾が、堀と同様コクトーの「エリック サティ」を翻訳しており、戦後、「堕落論」から「デカダン文学論」「戯作者文学論」を書いたことも、堀文学と無縁のことではない。「リペルタン」を標榜した太宰治しかり、「可能性の文学」を書いた織田作之助しかり、志賀直哉にまつわる「私小説」の権威に反逆した。それらは既成リアリズム文学を超克するもう一つの「現代日本文学生成の水脈」を照らしている。いわばロマンの残党だった。

現代においていかにして虚構の世界は可能か。太宰の「二十世紀旗手」に代わって村上は、平成の新世紀の旗手として、日々成長して行く。江藤は無言を通し、文学界にその行方を認めぬまま逝った。しかし江藤の無言（の批評活動）は、反リアリズムが放つある種の文学的価値――反リアリズムでありながらリアリズムの新領域の開拓――を示唆していたのではあるまいか。

ここで想起されるのは、昭和の終焉に際会しての鈴木貞美の『「昭和文学」のために　フィクションの領略』（一九八九）である。鈴木は「昭和初年代の文学シーンのもつラディカルな意義は、近代という理念、近代的自我の信仰に基く世界観を解体し、無意味化しようとする突破口を切り拓いたところにある。」として、表現技術の開拓をエンターティメントを逆手に取って開拓した戯作や落語や物語、さらに映画や漫画の意義を鮮明にした。そうして「昭和の天皇制下に精神の血しぶきを浴びて流れる表現の水脈を掘りつづけよう。文学の明日のために。」と提言した。それはリアリズムの変容を受け入れる定義のし直しだった。

私の手元にJ・チルダース、G・ヘンツイの『コロンビア大学現代文学・文化批評用語辞典』(一九九八、松柏社)がある。「REALSUMリアリズム、写実主義」の冒頭、「文学上の用法では、リアリズムは、しばしば「人生の断片」、すなわち「現実の正確な表象(REPRESENTATIONN)を提供する、虚構作品(fiction)の一つの方法あるいは形式と定義される」とある。つまりリアリズムはフィクションの「方法」(メソッド)、「形式」(フォーム)である、と。リアリズムの概念の多くの複雑さ、最大の困難さは、「通常リアリスティックと見なされるテキスト群のなかに文体(スタイル)と形式の点で極端な違いがあること」であるとしている。そしてしばしばリアリズムと結びつく用語は、「自然主義(naturalism)」であり、ゾラやアメリカのドライサーらに代表されるが、他に、「社会主義リアリズム(socialist realism)」があり、マルクス主義の理論家ルカーチによって社会主義イデオロギーの方途として示された、と。これらに対してもう一つの用語として、「魔術的リアリズム(magic rearlism)」があげられ、すなわちそれは、「出来事や登場人物のリアリズム的描写と、しばしば夢、神話、妖精物語(fairy tales)から取られるファンタスティックな要素とを結合させる手法」を指す、とされている。これはまさに堀文学と村上文学に共通する特色であって、それをリアリズムとして堂々と定義している。錯覚、即興、ファンタスティック、仮想現実《バーチャル・リアリティー》。しかし、付記して、「ポスト構造主義理論家ボードリアールからのブルジョア・イデオロギーの一つの道具」とされ、その「われわれは、表象がきわめて簡単に生産され流布される世界に生きている。したがって、われわれの存在と世界を構成しているのは、いかなる「現実（reality）」でもなく、むしろそうしたシュミレーション（SIMURATIONN）そのものなのである」という言葉が引かれている。まさに、現代批評の中の堀文学、村上文学批判の根拠であり、江藤の否定評に典型を見るところのものである。批判の根拠はある。しかし、「悪魔的リアリズム」として、古代から、とくに現代のリアリズムの定義に加えられていることは意義深い。堀や村上への新しい評価軸が示唆される。

　村上へ堀からの連関するもの——自己韜晦、現実離隔、方法の変革、幻想の快楽……江藤によって「フォニー」（偽）と評されたものは評されたままに、現代日本文学生成の水脈を照らす。新感覚派の横光もプロレタリア派の中野もこれに連動し交錯する。

＊引用の本文は、堀辰雄全集（筑摩書房）、横光利一全集（河出書房新社）、中野重治全集（筑摩書房）など個人全集を基本としたが、適宜、初出誌（紙）、所収本によった。また、引用文中の「　」等は、Ⅲ以外は、『　』に改めることはしなかった。

I　村上春樹と堀辰雄

村上春樹へ／堀辰雄から
――アメリカへ／フランスから――

一、発　端――村上春樹へ／堀辰雄から

そうして思いがけなくも村上春樹作品から堀辰雄作品が想起されたということ、それ以上にそれに伴って〈村上春樹へ／堀辰雄から〉の連関が見出されたということについては、今ならわずかに説けるような気がする。しきりに現代アメリカ文学との同時代的連関が語られ、日本の文学との、とりわけ日本の近・現代文学との断絶ばかりが強調された村上春樹の文学に、しかしそうではあるまい、たとえそうだとしても日本文学であることは紛れようもなく、同時代の日本文学、とりわけ三島由紀夫や大江健三郎の戦後文学との連関は強いはずだという想定のもとで読んだ私は、随所にその証拠を示唆する記述を見出すこととなった。たとえば、『ノルウェイの森』の主人公のワタナベ・トオルが「当時好きだったのはトルーマン・カポーティ、ジョン・アップダイ

ク、スコット・フィッツジェラルド、レイモンド・チャンドラーといった作家たち」で、クラスでも寮でも「そういうタイプの小説を好んで読む人間は一人も見あたら」ず、「彼らが読むのは高橋和巳や大江健三郎や三島由紀夫、あるいは現代のフランスの作家の小説が多かった」といった記述も、ワタナベが前者を好み、あるいは後者を読まなかったことの表明になっていても、作者が後者を読まなかったことの証明にも、いわんや後者からの影響の不在証明にもならない。むしろワタナベにそのように回想させる作者には、後者への理解——といわないまでも後者にたいする態度決定——といったものが前提にあったことを予測させる。そればかりではない、今では私はそれが作者そのものの成立の要件であったとまで推定する。『海辺のカフカ』には「雨月物語」や「源氏物語」から、さらに「古事記」のイザナキ、イザナミを見出すことになる。私はほとんど無媒介に村上春樹作品を読み進めて、ああこれは堀辰雄ではないかと感じた。だがその堀辰雄とその作品の名は、見あたらない。当面した村上春樹研究文献にも見ることはなかった。(しかし最終的にそれを示唆する文献にであうことになるが)それでいて、私が何よりも強く堀辰雄との連関を見出したということ、その事由について論じることは重要だと考える。それは村上春樹におけるアメリカと堀辰雄におけるフランスとの相似性であり、アメリカとフランスが類似的な機能を果たしているということだ。日本文学における一九七〇年代後半から八〇年代に発するポストモダニズム時代のアメリカ受容と一九二〇年代から三〇年代のモダニズム時代のフランス受容との相似性の一端を担うということだ。

そしてそうした相似性は江藤淳の評言と構想が媒介となって傍証される。

＊

『ノルウェイの森』の冒頭。

僕は三十七歳で、そのときボーイング747のシートに座っていた。その巨大な飛行機はぶ厚い雨雲をくぐり抜けて降下し、ハンブルク空港に着陸しようとしているところだった。飛行機が着地を完了すると天井のスピーカーからBGMが流れはじめる。どこかのオーケストラの甘く演奏するビートルズの「ノルウェイの森」のメロディーが、「いつものように」「いや、いつもとは比べものにならないくらい」激しく混乱させ揺り動かす。やがてドイツ人のスチュワーデスがやってきて、気分がわるいのかと英語で訊く。「僕は顔を上げて北海の上空に浮かんだ暗い雲を眺め、自分がこれまでの人生の過程で失ってきた多くのもののことを考えた。失われた時間、死にあるいは去っていった人々、もう戻ることのない想い。」そうした「僕」の「想い」に、私は『ルウベンスの偽画』『聖家族』以来の『菜穂子』サイクルの終編『菜穂子』『目覚め』を書き終えた堀辰雄の三十七歳の「想い」を重ねる。時は一九四〇年代の昭和十六年。十月の大和路の旅から一時帰宅し、十一月『曠野』を脱稿し『菜穂子』の刊行を見、十二月大和路に戻って瓶原、飛鳥を歩き、さらに足を伸ばしてエル・グレコの「受胎告知」を見るために倉敷の美術館を訪れ下旬には八ヶ岳の麓の野辺山が原で雪見をする。その十二月八日、あたかも日独伊同盟のもと真珠湾攻撃に踏み切った日本は米英に宣戦を布告する。そうした旅がちであった堀辰雄の胸中に、自己の小説中の人物とそのモデルが想起されていなかったか。『ルウベンスの偽画』や『聖家族』の軽井沢で知った運命に抗う勝ち気な少女の絹子が、『菜穂子』サイクルの諸作のなかで菜穂子と名を代えて、やがて結婚し高原療養所に入院し、サナトリウムを出奔して雪中の銀座にあるとか、その途中『美しい村』や『風立ちぬ』の軽井沢で知った少女が運命に従順な節子として八ヶ岳の麓の高原療養所に入院し、そこで息を引き取ったこと。そうした青春の劇への想起において、『ノルウェイの森』の緑を絹子や菜穂子に、直子を節子に、あるいは緑と直子の融合に菜穂子と節子の融合を連関させることは、むろんほとんど私の恣意だが、恣意を越えたなんらかの蓋然性がないものだろうか。ともに「失われた時間」、プルースト的記憶の想起の装置が機能していることは確かだろう。むろん堀辰雄は飛行機に乗ったことはおろか海外に一歩も出たことはないのだが。

飛行機が完全にストップして人々がシートベルトを外し、物入れの中からバッグやら上着やらをとりだしはじめるまで、「僕はずっとあの草原の中にいた。僕は草の匂いをかぎ、肌に風を感じ、鳥の声を聴いた。それは一九六九年の秋で、僕はもうすぐ二十歳になろうとしていた。」その十八年という歳月が過ぎ去って思い出す「草原の風景」。「山肌は深く鮮やかな青みをたたえ、十月の風はすすきの穂をあちこちで揺らせ、細長い雲が凍りつくような青い天頂にぴたりとはりついていた。空は高く、じっと見ていると目が痛くなるほどだった。風は草原をわたり、彼女の髪をかすかに揺らせて雑木林に抜けていった。」そうした草原をわたる風やすすきの穂や雲や空に、彼女の髪や雑木林に、「風立ちぬ、いざ生きめやも」と、『美しい村』や『風立ちぬ』のそれらを想起する。それは、堀辰雄研究者の一人としての私の付会と受けとられるかもしれない。が、それで終わらない連関がある。

『風立ちぬ』の冒頭

それらの夏の日々、一面に薄の生ひ茂つた草原の中で、お前が立つたまま熱心に絵を描いてゐると、私はいつもその傍らの一本の白樺の木蔭に身を横たへてゐたものだつた。

回想の現在。舞台となった軽井沢高原や富士見高原療養所の森に、『ノルウェイの森』のワタナベが「フランス語のami（友だち）」からとったと想像する京都の山深い「阿美寮」を重ねることはどうだろう。見出され方は次のように共鳴する。

●道の左手には川が流れ、右手には雑木林がつづいていた。そんな穏やかな上の道を十五分ばかり進むと右手に車がやっと一台通れそうな枝道があり、その入口には「阿美寮・関係者以外の立ち入りはお断りします」という看板が立っていた。

●私達の自動車が、みすぼらしい小家の一列に続いてゐる村を通り抜けた後、それが見えない八ヶ岳の尾根までそのまま果てしなく拡がつてゐるかと思へる凸凹の多い傾斜地へさしかかつたと思ふと、背後に雑木林を背負ひながら、紅い屋根をした、いくつも側翼のある、大きな建物が、行く手に見え出した。

むろん『ノルウェイの森』と『風立ちぬ』の間の相違はあまりにもはなはだしい。一方は一九七〇年代の物語、他方は一九三〇年代の物語。そういうコントラストはいうまでもない。「僕はもうすぐ二十歳になろうとしていた」物語に対して、三十歳になろうとしていた物語の年齢差はどうだろう。しかし、『風立ちぬ』に先立つ『ルウベンスの偽画』や『聖家族』ならどうだろう。「彼は今年二十になつた。同じ夢を抱いて、前よりはすこし悲しさうに、すこし瘦せて。」(『聖家族』)の物語はにわかに相似性をおびる。「昔々、といってもせいぜい二十年ぐらい前のことなのだけれど、僕はある学生寮に住んでいた。僕は十八で、大学に入ったばかりだった。」には、『燃ゆる頬』の「私は十七になつた。そして中学校から高等学校へはひつたばかりの時分であつた。」を対置したらどうだろう。自殺した芥川龍之介の告別式から始まる「死があたかも一つの季節を開いたかのやうだつた。」の河野扁理と絹子の不可能の愛は、キズキという親友の突然の自殺から始まるワタナベと直子のそれに共鳴するものがあるのではないか。青春の劇の伝承性として青春には死が登場する、死をこえて自己確立が賭けられ、物語となり伝承化する。

大学生のワタナベの住む一九七〇年代の東京は、戦後日本の擬似アメリカ空間であり、堀辰雄の主人公の住む一九二〇年から三〇年代の東京は擬似西洋空間、それを純化したものとして軽井沢高原はあったといえる。とすれば、精神(心)を患う直子の入院先の京都の「阿美寮」は、胸を患う節子が入院する富士見の高原療養所だともいえる。いずれも療養所だ。隔離的な空間だ。直子の病もワタナベと直子の恋愛の不可能性もその原因にキズキの自殺があった。『聖家族』の扁理(モデル堀辰雄)と絹子(モデル片山総子)のそれにも、九鬼(モデル芥川龍之介)の自殺がある。

『風立ちぬ』は、芥川龍之介の自殺のショックと自ら持った胸の病からの長い新生への物語の途上に起こった、自らの胸の病を重篤に代理する節子（モデル矢野綾子）の物語として響き合う。キズキは気《キ》ズキ、傷《キズ》キの名詞形で自意識の名辞、九鬼は、クキ、苦《ク》気《キ》に通わないか。直子のナオコは、やがて絹子が菜穂子に代わったナオコに通う。節子を媒介にして。むろんこうしたことに根拠はないが、私が感得した連関にリアリティーを与えてくれることは確かである。抗いがたい運命に従順な直子の最後の願いとは「あなたがこうして会いに来てくれたことに対して私はすごく感謝してるんだということをわかってほしいの」と「私のことをいつまでも忘れないで。私が存在してたことを覚えていて」の二つだった。これを『風立ちぬ』の節子のどこにも記述されていないが滞在する願いとすることに私は躊躇しない。

死は生の対極としてではなく、その一部として存在している

「死は生の対極存在なんかではない。死は僕という存在の中に本来的に既に含まれている」という十七歳のキズキの死からワタナベがわがものとした認識は、堀辰雄作品の主人公たちのそれであった、といえないか。卒論「芥川龍之介論」に「芥川龍之介は僕の眼を「死人の眼を閉ぢる」やうに静かに開けてくれました。」と開けられた眼に、『聖家族』の「死があたかも一つの季節を開いたかのやうだつた」と開いた季節は、「死がその一部として存在している」生のそれであったと。

堀辰雄は芥川龍之介を追いつめたのは「世紀末の悪鬼」とする。村上春樹にも同様なことはな

かったか。日米安保条約延長、三島由紀夫の自刃、学園紛争、全共闘運動から内ゲバへ、川端康成の遺書なし自殺から終末論。そうした時代の「悪鬼」から受けた自意識の傷《キズ》があったといえるのではないか。そのキズをキズキとして設定したのではないか。そういう自意識の傷を重苦しく語るのではなく快適に語るセンスの出所を何より二人は共有している。

*

ここで村上春樹の文学的出発を堀辰雄のそれに代弁させよう。一九二四年（大一三）二十歳の堀辰雄は、一高の「校友会雑誌」に「快適主義」を掲げた。

「諸君は奇怪に思はれるかも知れないが、私はベースボールを見ながら哲学的思索をしてゐる者である。布衍して云ふと、ベースボールはいかに人生を快適に生くべきかといふ定理を、その溌剌たる無言のうちに解説してくれる。」（原文傍点）

書き出しのベースボールと「いかに人生を快適に生くべきか」の定理。ベースボールはアメリカの国技のようなスポーツだ。つまり快適主義は西欧の陥った世紀末のデスペレートをアメリカンベースボール的に思索し生きることに振りかえ出発する（新たに生きる）ことを意味する。そうして次のように宣言して閉じる。

「一たい人生が何を私に約束したといふのか。それは、生存といふ苦しい課題でなくて他の何んであらう。それに対して、私はいま人生に約束してやるのだ。快適なる生活を！」

こうした「生存といふ苦しい課題」、人生認識、現実との対処法の裏には、堀辰雄の場合、出自への疑念が介在した。つまりもう一人の父の所在感覚の問題があった。福永武彦の『内的独白―堀辰雄の父、その他』と竹内清己著『堀辰雄の文学』を踏まえた江藤淳の『昭和の文人』における「任意の父の任意の子」があった。さらにその先に文学的父性としての室生犀星と芥川龍之介、その芥川龍之介の自殺があり、その自殺の向う側に「ぼんやりした不安」があった。一九六〇年代後半に文学的出発をする村上春樹にもそういう快適主義へのイニシエーションがあったのではあるまいか。疑念と捨象。今私にその実態を証拠立てる何物もない。が、疑念と捨象は、戦後（敗戦）文学の状況に結ぶことが予測される。それに「この言葉にブレエキをかける。それからそれを再び出発させる。全く別の言葉のやうに。」（「芸術のための芸術について」）の堀辰雄との相似の出発があったのではないか。それは『風の歌を聴け』の「風の歌」に変換され回避される。それは生活のリアリズムの捨象ということだ。と同時に生の回復であり回生の願いであることにおいて共通する。しかし今日の二十一世紀に向かって村上文学は生活のアンチリアリズムの手法を確立すると共にその社会性や現実性が回復されはじめていた。戦争も敗戦も、オウム真理教事件も関西大震災も、獲得した快適主義によって改めて表現化されていたのではないか。

『ルーベンスの偽画』の冒頭。

それは漆黒の自動車であつた。

その自動車が軽井沢ステエションの表口まで来て停まると、中から一人のドイツ人らしい娘を降した。

このドイツ人らしい娘と『ノルウェイの森』のドイツ人のスチュワーデスの連関を強弁しないが、「阿美寮」をたずねるワタナベがトーマスマンの『魔の山』をたずさえているのを、『風立ちぬ』にリルケの『マルテの手記』や『鎮魂歌』がもちこまれていることと同様に重視しておかなければならない。そのもちこみ方が快適主義なのだ。

かつて江藤淳は『昭和の文人』で拙著『堀辰雄の文学』の「『聖家族』論」を引く。「《「方法の制覇」と副題されたこの論文の冒頭で、竹内氏は述べている。

《死があたかも一つの季節を開いたかのやうだつた。

この一文は、そしてその文頭の一語「死」は、作品世界の開示であるとともに、作品全体の初発的原型を示している。それは作品を導く統辞論的主語であり、謎かけの初源であり収支決算である》

その「あたかも」「かのやう」の文体機構をめぐる論をさらに引く。

「《日本文脈における主格表現のあいまいな特質と、欧文脈の、たとえば英語の look とか like とか as とかの用法をつきあわせて成ったようなこの文体機構の獲得は、堀辰雄の文学の成立そのものをになう一戦略兵器といへるほどの発明（原文傍点）であったと思われるのである》（傍点引用者）」

そこで私はそうした統辞論の支配の構造を登場人物の関係論に結んだわけだったが、江藤淳はそれに持論を次のように重ねている。

「任意の父は九鬼として再現され、その「死」として現前している。そして、九鬼と細木夫人との間に存在した「愛」の再現が、九鬼を「裏がへし」にしたような任意の子、「河野扁理」と令嬢絹子との間に予告される。かくして作者の「夢」は、過去の再現として定着されたのみならず、未来の救済を予感させるものとして定着させられたのである。」

夢と救済への変換。しかし、これは江藤淳の堀辰雄肯定評ではないか。否定論の前提に使われたのであった。同じことは江藤淳の村上春樹否定評にも連関するのではないか（隠れ否定／隠れ肯定として）。

堀辰雄の師匠格の萩原朔太郎は『美しい村』によせている。一九三四・六・二五堀辰雄宛書簡。「メモ、1。／山羊の乳の匂ひ、鮮新、／2、果物、メロン／3、ショパンのピアノ抒情楽における或る部分のもの／4、少しばかり、ルノアール。／5、全体として音楽／6、音楽、音楽としてのやさしさ　匂ひ、……」

もちこまれた絵画や音楽は時代差において異なるが、そうした諸芸術との豊かな連関によって編まれる文体のソフィスケートなありようは共通する。ナルシシズム、フェティシズムの官能がソフトタッチで示される。同様に一九三六年六月「四季」の「同人雑記―時々片々」の「かつての森鷗外をもつとスマートにレフアインし、その野性を取つて趣味性を加へたやうな、若き秀才のインテリ青年」という評は、かつて私に森鷗外→芥川龍之介→堀辰雄の系譜を暗示した。西欧現代文学の同時代的もちこみの系譜である。この系譜の先に村上春樹を措定することができるのではないか。一九二〇年代から三〇年代のモダニズムにおけるフランス現代文学の受容に相対する一九八〇年代以降のポストモダニズムにおけるアメリカ現代文学の受容である。「村上春樹へ/堀辰雄から」、「アメリカへ/フランスから」の現代的ありようだった。

二、モダニズム——川端康成の評言と構想から

エドガール・モランは『時代精神I　大衆文化の社会学』(宇波彰訳)の冒頭、「大衆文化だけが二〇世紀の文化だというわけではないが、それは二〇世紀の真に大きな、新しい流れである。アメリカに生まれた大衆文化は、すでに西欧の風土になじんでいるし、そのいくつかの要素は全世界に拡がっている。」と記した。二十世紀の新しい文化はフランス中心の西欧文化だったがアメリカから、アメリカ生まれの大衆文化を受容した西欧から、たちまち東洋日本に浸潤した。私はかつて一九九〇年代の初年にあたる一九九一年(平三)二月、昭和文学会の機関誌「昭和文学研究」の特集「昭和文学とアメリカ」に「モダニズムにおけるアメリカ」なる論考を掲げ、「大宅社一全集」からの次のような要約を引いた。

《これまでのアメリカ大陸は、アジアと同様に、「ヨーロッパの文化的植民地」の一つにすぎず、明治以降の「ヨーロッパ文化によって教養された日本人の目」には、むしろ文化的には、「日本

よりも後進国」と映じていた。しかるに「欧州大戦」以後、「地球上における最初の社会主義国たるソビエト・ロシア」と「百パーセントの資本主義国家にまで成長したアメリカ合衆国」の二種の新しい文化が発生し、その二種が、互いに相排撃しつつ今日の日本を、「三千年来の東洋文化」と「七十年来の西欧文化」から解放しようと、いたるところに新旧文化のうず巻をつくっている。なかでアメリカ文化は、「キネマやラジオや、スポーツやレビューや、ジャズのごとき享楽的形態」としてのみ氾濫しているように一般に考えられているが、決してそうではなく、日本文化の全分野に進出しており、文学の方面では、「アメリカ文学の近代性」が、「ドイツ文学の古典性や、イギリス文学の道徳性や、フランス文学の頽廃性」を駆使しつつ偉大なコマーシャリズムの支持のもとに文壇を席巻する勢いを示している。》

これは一九二九年の「戯画英雄鶴見祐輔」の一節の要約である。私は様々な事象をあげて、一九二〇年代の初年の一九二一年には、「アメリカ及びアメリカニズムを軸とした昭和のモダニズムの前哨はほぼ整っていた」と論じた。副題は「川端康成による評言と構想を通して」だった。その川端康成の文芸時評を逐一あげないが、一九二四年の一月「新潮」の「文壇的文学論」を次のように要約したのだった。

《「アメリカ映画に現れてゐるやうなアメリカニズム」が、あらゆる芸術界を塗りつぶしてしまいそうに見える。しかし、こうした形勢は、「文芸が社会的により広まる時に払はねばならない一つの犠牲」と考えられないか。「人生観の君主を失つてしまつてゐる」今日、「人生観的感銘に加へるに芸術感を与へてくれるもの」を文壇は求めている。それが生まれないと「いかにアメリカニズムが横行しようとも、人々は決して安らがない。」世界が今求めているのは「偉大な新しい常識」であり、「時代の常識となり得る程に普遍性と力強さを備へた人生観」である。》
後年魔界と虚無の美学を打ち立てる川端康成を知るものには、楽天的な常識的な評言と構想に違和を感じる向きもあろう。が、人生と芸術の未来についての積極的姿勢はみのがせない。出発は常に現在から、当面がアメリカニズムならアメリカニズムから踏みだす尖端性に賭けられている。川端康成の堀辰雄認知もそうしたモダニズムのなかで現れた。一九二九年四月の「文芸春秋」の「文芸時評」の「プロレタリア・ジャズ」では、藤森成吉の戯曲「土堤の集会」を「明朗さも、ここまで来れば、プロレタリア・アメリカニズムであり、プロレタリア・ジャズである。それがいいか悪いかは第二として、さうしたものの思ひ切つた先駆として問題にさるべきであらう」とした川端康成は、「堀氏の「不器用な天使」」で、室生犀星の「感覚から起る心理への速度、速度の新しい飛躍」とか「横光君以後の作家であり、或意味で横光君より素晴しい新時代にゐるものかも知れぬ」などの評を引きつつも、「この作品は徹頭徹尾作者の誤算に成り立つたものとしか思はれない」とした。また「ブルジョワ社会の末端からほとばしり出た非生産階級の生活とイデオロギイを現してゐる」とする平林初之輔の評を引いて「そんなに仰々しい形容を持ち出す程の生活も事件も描かれてはゐない」とした。しかしこの否定評が堀辰雄の文壇進出を保証したことは確かだ。これは村上春樹の登場に対する大江健三郎らの否定評（一九七九・九「文芸春秋」の芥川賞「選評」など）が逆に村上春樹の登場を保証したのと共通する。
『不器用な天使』の冒頭。

カフエ・シヤノアルは客で一ぱいだ。硝子戸を押して中へ入つても僕は友人たちをすぐ見つけることが出来ない。僕はすこし立止つてゐる。ジヤズが僕の感覚の上に生まの肉を投げつける。

カフェはフランス生まれのモダニズム時代に流行した。シャノアルは黒豹。ジャズ（そういえば、村上春樹は大変なジャズファン）は二十世紀の初めアメリカニューオリンズ及びその周辺で発達した音楽。南部の黒人民謡や霊歌の流れを引き集団的即興演奏を生命とした。一九三一年、春陽堂から出た「世界大都市尖端ジャズ。文学1930」シリーズの一冊「モダンTOKIO円舞曲」には堀辰雄の『水族館』と川端康成の『浅草紅団』の一部が載る。堀辰雄におけるフランスには、アメリカ的フランスの要素があったことがわかる。『眠れる人』に野球場、ベースボールが登場するし、『水族館』の浅草公園にその名も「カフエ・アメリカ」が登場する。川端康成の『浅草紅団』には仲見世でチャールストンを踊りながらゴムまりを売っている中性的少女が登場する。

三、ポストモダニズム――江藤淳の評言と構想から

あらためて村上春樹の研究参考文献にあたってその厖大さに一驚した。これが現在の作家に対してだから。単行書も相当量である。その特徴は村上春樹の創作活動と軌を一に生まれているこ

とで、まさにマシュレの『文学生産の哲学』（小倉孝誠訳）のカバーの「個々の作品の内的構造をあきらかにし、その主題やレトリックやイメージを解読することにより、同時代の知の体系との関連において、作品そのものが生産する思想の輪郭を示す」といった文学生産の機能が働いている。そうしたなかで出合った加藤典洋の『アメリカの影』（一九九五、講談社）は、本稿成立の鍵を提供してくれた貴重な一書だった。冒頭、加藤典洋は江藤淳が田中康夫の『なんとなく、クリスタル』を賛じていることに着目し、以前村上龍の『限りなく透明に近いブルー』を全面的に否定したことに照らし、江藤淳の批評軸のぶれを問うている。その賛と否の訳に分け入って、加藤は江藤淳にとっての困難は、「日本が「意味ある言葉」を取り戻すには「一九四六年憲法」の拘束から自由になり、アメリカの潜在的圧迫をはねのけなければならないが、同時に日本は現国際情勢の中ではアメリカなしにはやっていけない、というかたちをしている」ところにある、とする。ではそんな江藤淳が村上春樹の『風の歌を聴け』やそれに続く諸作をどう評しているかの問いが、当然求められた。

ところが、である。加藤典洋は『アメリカの影』で江藤淳の村上春樹評を取り上げていない。実際、管見のかぎり、江藤淳は表向きどこにも村上春樹評（隠れ村上春樹否定評に当たるものはある）をしていないのである。江藤淳の『アメリカと私』と照応するようにプリンストン大学に滞在した江藤没後『やがて哀しき外国語』を出した村上春樹に、である。江藤淳はなぜ村上春樹を無視したか。日本は敗戦ではじめて国家としての処女性を失った、そういう性的コンプレックスは戦後

（敗戦）文学に通有している。「アメリカ」の影から逃れることの不可能性の自覚こそが、江藤淳の「批評精神」「リアリズム」「ニヒリズム」の根拠だった。そうしたものをもたないのではない、したたかにもって、一切あらわさない、あらわさないですむシステムが村上文学なのではないか。堀辰雄のごとくそれらにブレーキをかけ、それを何事もないかのように出発させる村上春樹の快適主義の方法が、江藤の無視をさそった要因なのではないか。リアリズムの本体でもあった。村上春樹も村上独自のリアリズムを所持している。「アメリカ」の影から逃れることの不可能性の自覚もまた、村上春樹にある。おのれ自身がアメリカなのだ。そのありようはおのれ自身がフランスであった、ありえたように振る舞った堀辰雄に相似する。コンプレックスは肉体化される前に仮象と成り代わって解消する。そうしたことが戦後文学において成立するはずがない、許されるはずがないというのが江藤淳の批判であって、彼の無視はそこから発しているのではないか。

そういう考えをさらに進める契機は、大塚英志の『江藤淳と少女フェミニズム的戦後』（二〇〇一、筑摩書房）の「江藤淳と来歴否認の人々」に引かれた江藤淳の連続対談『文学の現在』所収の吉本隆明との「文学と非文学の倫理」によって与えられた。大塚は「江藤淳は、村上春樹については何も語っていない。読んでいない、とさえ吉本隆明との対談では語っている。だが江藤は村上春樹の代りに堀辰雄について語るのだ。」と堀辰雄のサブカルチャーを問う。これは江藤淳における堀辰雄批判と村上春樹無視との連関を考える私の論をすでに示唆していたものではないか。吉本隆明は「ここ五、六年の文学の世界の変わり方を作家で象徴させますと、村上春樹と村上龍ということになりますね。」とうながす。さらに「村上春樹さんについては私は一言も論じたことはないんですが」と応える江藤は、かつて村上龍の『限りなく透明に近いブルー』に対し手きびしい批判を下して「サブ・カルチャー」だといったことを引き出し、「村上春樹さんの『ノルウェイの森』というのは、二百何十万部だか出ていて、大変評判になっていると聞いています。この小説は拝見していないのですけれども、しかしこれもまたサブ・カルチャーであるということについては、私は譲る気持はないんですね。」と言い切る。「拝見していない」のにサブ・カルチャーだと断定する根拠は、どこにあるか。拝見とはどこまでの読みを拝見とするか、なんらかの種類の読みはあったのか。ここに江藤淳の村上龍の『限りなく透明に近いブルー』批判体験の横滑りがあることは明らかだろう。「いま村上春樹さんの作品に——僕は不勉強で読んでないものですから申しわけないのですが——」とことわりつつ、「新しい愛の不能の形、不可能の形が出ている」という吉本のいい方、「大江君の世界をふっ切っている」という吉本のいい方に対して、「大江君の最近の作品世界は案外似ているのじゃないか、近いんじゃないか。」と看破している。

しかし、ここにさらに先行する当時連載中の『昭和の文人』における堀辰雄批判体験があったことが連動する。吉本も『昭和の文人』の「堀辰雄のところがおもしろくてしょうがない」と切り出し、自らの下町育ちを引き合いに堀辰雄の父は彫金師、吉本の父は船大工で、「その場合堀辰雄の、こういう出方っていうのはありえないんじゃないかなっていう疑いを以前からもっていたわけですよ。江藤さんは僕とはまた違う位相からですが、この疑いを解明しておられるわけですね。」と水を向けている。江藤は、「堀辰雄さんも一歩も日本を出ないままに、日本人はフランス人になれると思った人」「堀辰雄という人は昔考えていた以上に、影響力という点では大きな作家だった」としつつ、しかし「文学は堀辰雄の道を歩んだのでは成り立たない」「中野重治の道を歩めばあるいは文学は成立するかもしれないが、堀辰雄の道を歩んだらやっぱり成立しないのではないか。」と言い切る。直後「そこで、村上春樹さん、村上龍さんはどうなんだろうという問題が出てくるんです。」と閉じている。つまり江藤の想念の中で、リアリズムの源流を考える中で、堀辰雄の道の延長に村上春樹が措定されていた、といえるのではないか。事実、さらに江藤は「堀さんという人は、テクストのつくり方を完全にフランス語ふうにしようとした」といい、「『聖家族』以来ですか、日本語の物語にはありえない統辞法を使おうとしている」といい、「その繰り返しを「マチネ・ポエティク」以後も〝フォニイ〟も、堀さんの影響下にあった人たちはいまだにやっているような気がする。これは一見ハイカラに見えるんだけど、何も実質がないんです。われわれの文化的経験の蓄積と無関係だから。それと両村上君がどういう関係になっているかは、いずれ考えてみたいと思いますけれどね」とまとめている。フォニイ論争は、一九七四年、内向の世代の文学状況の中で江藤淳が辻邦生、加賀乙彦、小川国夫、丸谷才一の文学を「にせもの」の意味を持つフォニイと呼んだことで始まり、フォニイの反義語を「リアル」としてリアリズムの源流を探るに至る。江藤淳はさらに続けて「醜悪な軽井沢は堀さんがつくったも同然」と「スノップの世界で、いやな世界」と断じている。が、スノップやフォニイや偽物はリアリズムあるいは本物の鑑定として批評家の準拠になっても、作家作品のそれとはならない。もしそれらがなければ日本近代文学は寥々たるものになったに違いない。

つまり、一九七〇年代後半戦後（敗戦）文学の半世紀に大きな転換期が来ていた。その転換期に「村上春樹へ／堀辰雄から」があり、「アメリカへ／フランスから」があった。一九二〇年代のフランスのようなアメリカとなった。テクストのつくり方をアメリカ風にしたのが村上春樹の文学だった。

堀辰雄自身が自己否定する新興芸術派時代の『水族館』や川端康成の『浅草紅団』を再評価する海野弘の『モダン都市東京―日本の一九二〇年代』（一九八三、中央公論社）やアメリカの映画やメディア文化をふんだんに盛り込んだ川本三郎の『同時代の文学』（一九七九、冬樹社）などが出る一九八〇年代の日本型のポストモダンの文化から、「村上春樹／堀辰雄から」の連関が見えてきたといえよう。モダニズム時代の堀辰雄のフランスは、日本型フランスであると同時にアメリカ的フランスだった、と。

四、帰　結――アメリカへ／フランスから

戦後日本におけるアメリカは、磯田光一の『思想としての東京』（一九七八、国文社）に言う「アメリカという父性にたいする反発は、アメリカの軍事基地への反発となってあらわれた。し

かし同時に、優者としてのアメリカへの態度は、アメリカ文明へのあこがれを通じてアメリカ的なものを摂取し、そうすることでアメリカと対等なものになろうとした点で、これもナショナリズムのヴァリエーションにほかならない。」という認識の中にあったといえる。第三の新人も、連れて出た戦後世代の大江健三郎や江藤淳らもその中に属する。

　しかし、一九七〇年以降アメリカは新たな意味をもって現れていたのではないか。すでに千石英世は言っている。「『ノルウェイの森』の主人公の「アイロンかけ」の趣味は、風俗における合衆国趣味《アメリカニズム》とみなすことができる。もし、そうみなすことができるなら、主人公の清潔好みは、言葉遣いにおけるアメリカニズムと、行動におけるアメリカニズムの、両者によってもたらされているのである。かれにおいてはアメリカニズムが、猥雑なるもの、過剰なるもの、自意識を食いみだして行くものを整理するのだ。そして目まいを予防する。」（『アイロンをかける青年―村上春樹とアメリカ』一九九一、彩流社）と。つまり一九二〇年代、アメリカ発のベースボールからフランス趣味の「アイロンかけ」の趣味によって「快適主義」の生理学（整理学）を導き出した（「快適主義」）堀辰雄からの合衆国趣味の村上春樹への転生があったということになろう。また柴田元幸の村上春樹に関する一連の仕事は、まさに新段階に入った日本のアメリカニズムとアメリカのジャポニズムの相互反映性を明らかにしたものだった。三浦雅士の『村上春樹と柴田元幸のもうひとつのアメリカ』（二〇〇三、新書館）では、「村上春樹って何だろう？」と問い、三島由紀夫は太宰治の影響を受け、太宰治は芥川龍之介、芥川龍之介は国木田独歩の影響を受け、三島由紀夫が大江健三郎に影響を与え、大江健三郎が中上健次に影響を与える。これと違って新たな「村上春樹は突然変異」と言っている。これに対して本稿の経緯で言えば、その太宰治と堀辰雄を入れ替える、あるいは太宰治と一緒に芥川龍之介と三島由紀夫の間に堀辰雄を入れることが考えられる。とすれば「村上春樹は日本文学の突然変異」と言わなくてもよい日本文学としての系譜づけが可能ではないか。インターテクストとして。文化伝承において文献学的に実証されるだけが影響ではない。折口信夫の言う間歇的な遺伝を見出すところに影響の深層は見出される。「村上春樹へ／堀辰雄から」の連関はその好個の例ではなかろうか。それは江藤淳の堀辰雄批判と村上春樹無視の反証であった、といえる。さらに三浦雅士は「重要な変化は、アメリカの外部にあるよりは内部にあったのだ。アメリカが全世界の面倒をみる姿勢をはっきり示すようになって、アメリカという国家連合の不思議な成り立ちが文学者の深部を暗く強く揺すぶりはじめていた。面倒を見るもなにも、アメリカははじめから世界の別名だった」として、「村上春樹から柴田元幸へ、が語られなければならないところまで来たわけだ」と記している。

今日イギリスのアメリカ文化研究者は次のように書き出す。「第二次世界大戦が終結した一九四五年から数年を経て、アメリカ小説は世界の檜舞台の中央に進出した。その頃、ヨーロッパや太平洋地域は戦争の結果危機的状況に陥っていた。しかるに、アメリカは、驚いたことに、その戦争によって、世界を支配する超大国になっていた。イデオロギーでは、アメリカ合衆国とソ連が長い間世界を二分していたようだが、芸術に関しては、アメリカだけがひとりぬきんでていたようである。」（マルカム・ブラッドベリ『現代アメリカ小説――一九四五年から現代まで』英米文化学会編訳）と。柴田元幸はポール・オースター『幽霊たち』（一九九五、新潮社）の「訳者あとがき」で、「エレガントな前衛」という言葉を使い、この言葉はアメリカ小説においてほとんど言語的矛盾であるとしつつ、「自己と他者、現実と虚構、必然と偶然、言葉と物、といったいわゆるポストモダニズムの文学が好んで扱う問題」を問い、「文章はあくまで簡潔で透明感」にみちて「どこでもない場所」に迷い込んだ人物を描く、と記している。また『柴田元幸と9人の作家たち』（二〇〇四、アルク）における最後の唯一の日本作家「村上春樹に会いに行く」で、「共通しているといってもむしろ、アメリカ文学が村上さんにおいついてきたという印象」だとアメリカ現代文学と村上春樹の文学の往還を披瀝し、村上春樹の次の発言を引き出している。「既成の日本の小説システムに対する不信感というか絶望感」「そこにあるものを全部分解して、洗い直して、組み立て直して、別の座標を持ってきて、小説を作っていく」と。さらに「座標軸。で、それはやっぱり物語でしかなかった、ということです。だからそこでは解体というか、いちおう脱構築みたいなことが行われるわけだけど、帰っていく場所は非常にクラシカルな場所」だった、と。これは実は一九二〇年代後半の堀辰雄が既成リアリズム文学にたいしてやったことで、両者は相似する。

ここでかつての拙論「堀辰雄における古典主義の位相」を引く。「芸術のための芸術について」から「「ロマネスク」「優雅」「感情の解剖」「古い傑作の手術」のモダニシスティック―クラシシズムの処方を一箇所に集めて実験された、死から生への季節が、『聖家族』の世界であったのである。それは堀文学の原形をかたちづくった。」と。そうした世界を脱構築の現代において受けとめることで村上文学は世界化される、といえよう。柴田元幸はさらに『世界は村上春樹をどう読むか』（二〇〇六、文芸春秋）という国際交流基金企画のアメリカ、フランス、ドイツ、ロシア、中国など十七カ国翻訳者、出版社、作家を集ったシンポジュウムを組織した。

川西政明の『小説の終焉』（二〇〇四、岩波書店）の次の認知を、本稿の帰結に置くことにする。川西は言う。村上春樹は「私はわたしであるのはいやだ」という自同律の不快から出発し、「世界の終り」にいた「僕」を救出する場所までやってきた、「風の歌」は『海辺のカフカ』の「風の音を聞くんだ」の「風の音」へと移行して終ったのだ、と。

「こうして村上春樹の三十年の遍歴は終った。いま、彼自身が一つの普遍となっている。異端が正統なき時代の正統になったのだ。」

今日古典から現代文学までの日本文学の村上文学への影響はすでに論じはじめられている。私は江藤淳の否定批評を補助線として「村上春樹へ／堀辰雄から」の文学伝統の水脈を論証した。江藤淳の鋭利なリアリズム理論にもとづく村上春樹―堀辰雄への否定評にかかわらず。中野重治と堀辰雄を同時成立的に評価する批評の回復が今後果たされなければならない。「ものごとをあるべきかたちにもどすこと」――それは、『海辺のカフカ』の戦時下山中の集団昏睡事件で記憶を失い字が読めなくなったナカタさんの役目だった。

II 横光利一と堀辰雄

「新感覚」の「供物」／「生命」の領略

――横光利一・『静かなる羅列』『ナポレオンと田虫』と『春は馬車に乗つて』『花園の思想』の聯繫から見る――

一、序　説――伊藤整の堀論、横光論

……その頃生粋のプロレタリアートだった私は、葉山嘉樹の『海に生くる人々』や小林多喜二の『蟹工船』、『中野重治詩集』の読書会に参加した、にもかかわらずわが思春の少年後期は、すでに横光利一の『静かなる羅列』『ナポレオンと田虫』の地政学に新鮮な驚きを感じ、川端康成の『伊豆の踊子』にならって近郊の温泉に一人泊を敢行し、……

つい先日、「群系」第二〇号に「昭和文学と私」と題する一文を求められて書いた。なぜ横光の『静かなる羅列』『ナポレオンと田虫』の二作だったのだろう。二作の衝撃の新鮮を今に忘れない。そうして今、その驚きのよって来たるわけを、つまりわが少年後期の感受の次第を、証す機会にめぐまれた。神からの解放、君主・貴族からの解放、そしてさらにブルジョワジーからの

プロレタリアートの解放は、自己解放をとび越して自己解放に紛う過激なデカダンスをともなって感受された。私にプロレタリア文学と新感覚派文学が同時成立的に体験された。大江健三郎の登場直後・六十年安保直前だった。最も尖鋭な実験物にみまわれた思いだった。私は青春への自己確立に先だって自己放擲（横光曰く「精神の投擲」）の快楽に耽っていたのだろうか。それがやがて新感覚派に続いた新心理主義の伊藤整や堀辰雄をやり過ごした理由だったのか。つまり直截に無頼派が来た。

……わが無頼の性は蝦夷地開拓二世の血のゆらぎか、今も手許に残る太宰治全集、坂口安吾選集の片割れをいだいて、製鉄所工員は大学の合格通知を手に、津軽海峡を渡る仕儀となった。

……

と続けている。無頼派が私の人生の応援歌となり境遇からの脱出を促した。「無頼の倫理」――それが森安理文編『無頼文学研究』（昭四七・一〇）に収載されてその証明書となった。そうした私は、そうした私だから、「堀辰雄に対していらだちのようなもの――一切の自己否定の契機なく自己というものをはぐくんでいるようにみえた堀辰雄への反発のようなもの――」を感じながらも、同郷の伊藤整の堀辰雄論の「死によつて絶えず脅やかされてゐる人間が、生命の旺溢に達しようとする願ひをもつて生を見る意識」「死の意識からする生命の認識」（「解説」『現代日本小説大系53』）昭二六・四）を護符として、「『かげろふの日記』―情念の鎮魂譜―」を最初とする『堀辰雄の文学』（昭五九・三）の諸篇をおこすことができた。

その私が、今になって、思春の感受が満腔の肯定でもってうけとめた横光文学を論じようとしている。ここではもはや伊藤整の護符も無用というものだろう。が、ここに近年髣髴として私の信念・心得となった一事がある。一事とは、いかなる文学、いかなる作家作品をとり扱うにも、まず伊藤整に当たる、伊藤整がどう評したかを確認する、評していなくとも伊藤整ならどう評するかを推察するということ。それはなぜか？ 伊藤整の批評は現代未来においても批評の準拠たり得ると考えるからだ。

さて伊藤整は『横光利一読本』（昭三〇・五）の「横光利一文学入門」に言う。

「それ故表現主義系の文学作品は、日本の震災後の労働運動や革命運動と反映し合つた。「文芸戦線」の動きが次第に強力になつたのもそのやうな空気の中でであり、「文芸時代」の作家たちもまた、プロレタリア革命やマルクシズム運動にふれて書くやうになつた。」

つまりここに第一次大戦以降の表現主義系の文学とプロレタリア・マルキシズム文学との同時的反映の認識がある。その認識に立って、その上で、

「しかし横光利一は芸術論上、マルクシズムと対立する立場を取り、この思想に対して挑戦的な作品『ナポレオンと田虫』『マルクスの審判』を書き、更にこの頃から昭和初年にかけて『唯物論的文学論について』『新感覚派とコンミニズム文学』等のエッセイを書いて対抗した。」

と記し、新感覚派の代表者としての横光の敵対意識を取り上げ、その敵対意識のなかに、横光の根本の人間観、愛の問題と性の問題を探っている。

「また更に彼は大正十四年に母を失ひ、大正十五年に妻君子を失ひ、死といふ問題をもその思考の中に組み入れるやうになつた。妻の死によつて死の問題に直面した大正十五年に彼は傑作と言はれる『春は馬車に乗つて』を書いた。この作品は更にその翌年『花園の思想』において円熟した構成で描き直されたものであるが、前者『春は馬車に乗つて』は構成の不完全さを補ふ印象の鮮明さと、死の認識との結びつきとして、新感覚派手法を使ひ出してから、はじめて彼の作品が人間的生気を強く放つものとなつたと言へよう。」

これに何を加える要がある。この論定は、まさに私の思春の感受と今日の認識・批評との聯繫を支持する。これに、

「また『蠅』においては、馬車の転覆といふ事件が、蠅と人間といふ立場を異にした二種の生命に与へる巨大な差を、微視的な認識法でとらへてゐる。こゝまで辿られた生命の存在の不安、それが巨視的に描かれたのが『静かなる羅列』である。それはやがて『ナポレオンと田虫』や『碑文』や『マルクスの審判』における社会的生理的条件の中にとらへられた人間の不安となる。そしてその社会的、民族的な枠にはめ込まれた人間の不安を大がかりに描くものとして『日輪』や『上海』の構想が現はれて来たのである。」

と、『静かなる羅列』も加わって、ここからの改めての『蠅』『日輪』への遡行とその後の『上海』『機械』への展開が捕捉されている。そして次の考えがくる。

生命はそれの外にある条件の必然の動きによつて意志や努力と関係なく栄え、かつほろびる

この生命認識こそ、私の思春が横光文学を当時無自覚ながら全肯定できた理由でなければならなかった。無頼（文学）との出合いが境遇から脱出する自己を救抜した青春の証でなければならなかった。

「横光利一入門」の末尾に「（この一文は、「現代文学全集」（筑摩書房）の「横光利一集」の私の解説に手を入れたものである。）」とある。つまり手許の「現代日本文学全集36」（昭和二十九年三月発行）のことで、『静かなる羅列』『ナポレオンと田虫』が並んでいてわが思春の記憶と一致する。しかも続いて『春は馬車に乗つて』『花園の思想』が並んで続く。しかし初読の図書室の本はもっと小型だったように思えるのだが。

二、「新感覚」の「供物」

一九二三年（大正十二年）一月、菊池寛が創刊した「文芸春秋」に、横光利一が「時代は放蕩する（階級文学者諸卿へ）」を発表したのは、文学史的事件だった。その「1」の冒頭「階級文学の提称は、最早や文学の世界にあつては時代錯誤である。」その「2」の冒頭「一九二三年に於て、遂に吾々は、階級文学とは文化批評の別名であつたことを発見した。」そしてその「3」の冒頭文は、次のごとく繰り出された。

「時代は触覚を持つてゐる。彼はその触覚を振りつつ、時代から発した無数の文学と命名せられたる供物を漁つて匍匐する。彼の触覚は、ただその貪婪不可解なる体躯に勃発する衝動のままに、彼の面前に羅列した供物の一種を撰択する。」

「供物」――「神仏に供える物」(広辞苑)――それは「新感覚」の「供物」「羅列した供物」だった。神仏は「時代」であって「時代」は「文学と命名せられたる供物」を漁って匍匐する。大蛇のように。「文学」はまた「新感覚」の供物を欲した。欲せられた「新感覚」は「時代」の「供物」にしてまた自らの「供物」を欲する。それが「……羅列」であり「……田虫」ですらあった。病妻であり看取りの妻だった。「さうして飽きる。さうして捨てる。さうして移る。……さうして此の不明の続くかぎり、文学なる供物は、それ自身独自の貞操を保つことに依つて、文学に不断に放蕩する時代にとりてはより美となり善となつて光を放つ」のだから。

文学者はただ時代の供物となることに於て美しき奉仕を果す

その年九月一日。突然みまった大震災が東京を転覆する。そして横光は自らがしたたかにプロレタリアであることを再確認する。「それにまだ良いことがある。第一に一見して美事にプロレタリアだと分ることだ。私はプロレタリアである。これは自慢でも謙遜でもない。」(「汚い家」大一三・一〇)――これは「文芸時代」創刊号の「頭ならびに腹」と同月の「文芸春秋」によせた一文である。横光は「新感覚」の「供物」の『静かなる羅列』を時代に差し出して、「美しき奉仕」を果たしたのだ。そこに作用しているのは「感覚派の最も重んずべき信条」としての「精神の投擲力」(「文壇波動調」大一四・一)だった。また、「新感覚派の感覚的表徴」としての「自然の外相を剝奪し、物自体に躍り込む主観の直感的触発物」(「感覚活動」大一四・二のち「新感覚論」)だった。

Q川はその幼年期の水勢をもつて鋭く山壁を浸蝕した。雲は濃霧となつて渓谷を蔽つてゐた。

生命は「意志や努力と関係なく」栄え、ほろびる。それの「外にある条件の必然の動き」によって。その動きとはここで「水勢」でありその「浸蝕」である。

Q川を挟む山々は、此の水勢と濃霧のために動かねばならなかつた。

その山巓の屹立した岩の上では夜毎に北斗が傲然と輝いた。だが、その傲奢を誇る北斗はペルセウスの星が、刻々にその王位を掠奪しようと近づきつゝあることに気付かなかつた。

その下で、Q川は連接するS川と終日終夜分水界の争奪に孜々としてゐた。

Q川の浸蝕する狭隘な渓谷へは人々の集団は近づいて来なかつた。それにひきかへ、S川の穏やかな渓谷には年々村落が増加した。

その国土の時代では王朝時代が繁栄し、王朝の圧制は日毎に民衆の上に加わり、ついに鬱勃としていた民衆の反抗心が王朝に向かって突撃を開始した。民衆と王朝の激烈な争闘は続けられた。

「浸蝕」――「流水・氷河・波浪・風などが地表面を掘り削る作用」（広辞苑）――川は「水勢」をもって山壁を「浸蝕」する。「分水界の争奪」が歴史の興亡を決定する。これは唯物論的必然論であってその法則性の「供物」の「羅列」だった。まさに「構成派的力学形式」のマルキシズムとモダニズムの聯繋である。生粋のプロレタリアートの少年の魂が勇躍してすこしもおかしくなかった。しかしこれは政治・経済学の法則ではない。地勢・地政学の法則だった。つまり「新感覚」の「供物」なのだ。「個性原理としてどうして世界観念へ同等化し、どうして原始的顕現として新感覚がより文化期の生産的文学を高揚せしめ得るか」（「感覚活動」）の実験だった。

生産的文学――横光は「個々の作品の内的構造をあきらかにし、その主題やレトリックやイメージを解読することにより、同時代の知の体系との関連において、作品そのものが生産する思想の輪郭を示すこと」（マシュレ『文学生産の哲学』平六、カバー書き）に応えるものを表す。「浸蝕」はすぐにも理論化されていた。「云ひ換へるならば、われわれの自然としての客体が、科学のために侵蝕されて来たと云ふのである。客体に変化があれば、文学の主観にそれだけ変化を来すと云ふ法則程度は、いかなるものにでも分かるであらう。」（「客体としての自然への科学の浸蝕」大一四・九）と。同様に同月の「文芸春秋」で「地貌の運動作用、特に準平原の輪廻作用を思ふと私は社会主義者にならざるを得なくなる。ボルシエビイキの現状を見てゐても伊太利及び日本、英国、独逸の社会現象を見てゐてもその作用は地質学の造山運動と殆ど異る所がない。」（「無常の風」）とあとづけられる。これはほとんど『静かなる羅列』の新感覚派、マルキシズムの聯繋の理論的表明にほかならない。

ナポレオン・ボナパルトの腹は、チユイレリーの観台の上で、折からの虹と対戦するかのやうに張り合つてゐた。その剛壮な腹の頂点では、コルシカ産の瑪瑙の釦が巴里の半景を歪ませながら、幽かに妃の指紋のために曇つてゐた。

ナポレオンは不意にネー将軍の肩に手をかける。

「お前はヨーロッパを征服する奴は何者だと思ふ。」

「それは陛下が一番よく御存知でございませう。」

「いや、余よりもよく知つてゐる奴がゐさうに思ふ。」

「何者でございます。」

その答えの代わりはナポレオンの奇怪な哄笑だった。「何者」とは「田虫」だった。「水勢」ならぬ「田虫」の「浸蝕」にほかならない。

その日のナポレオンの奇怪な哄笑に驚いたネー将軍の感覚は正当であつた。ナポレオンの腹の上では、径五寸の田虫が地図のやうに猖獗を極めてゐた。此の事実を知つてゐたものは、貞淑無二な彼の前皇后ジヨセフイヌただ一人であつた。

ナポレオンのヨーロッパ征服の地図は、「田虫」がナポレオンの「腹」を征服する「地図」に正比例する。「彼の肉体に此の植物の繁茂しはじめた歴史の最初」は、「彼の雄図を確証した伊太利征伐のロヂの戦の時」だった。爪が当たったとき「此の湿疹性の白癬は全図を拡げて猛然と活動を開始した」、つまり「水勢」の「浸蝕」は田虫の「湿疹性」、征服・征伐の征性に見合っていた。侍医の処方は「東洋の墨」だった。

ナポレオンの腹の上で、東洋の墨はますますその版図を拡張した。恰もそれは、ナポレオンの軍馬が、破竹のごとくオーストリヤの領土を侵蝕して行く地図の姿に相似してゐた。

このフランス市民革命に貢献したコルシカ産の平民の子がフランス皇帝となり、皇帝の「腹」においてその「意志や努力と関係なく」「田虫」は栄える。その「侵蝕」によって転覆する。その転覆の滑稽は、生粋のプロレタリアートの感受にいかに快哉を与えたかははかりしれない。

ナポレオンの爪は、彼の強烈な意志のままに暴力を振つて対抗した。(中略)ナポレオンの爪に猛烈な征服欲があればあるほど、田虫の戦闘力は紫色を呈して強まつた。(中略)彼は高価な寝台の彫刻に腹を当てて、打ちひしがれた獅子のやうに腹這ひながら奇怪な哄笑を洩すのだ。

この壮大なファルス・荒唐無稽の地政学は、『静かなる羅列』のそれと見合って感受されたのだ。

三、「生命」の領略

昨年三月、「東洋学研究」に「看取りのフィアンセ、あるいは青春の別れ――横光利一『春は馬車に乗って』と堀辰雄『風立ちぬ』に見る――」なる報告文を載せた。思春の感受は、当時、『春は馬車に乗つて』『花園の思想』にさほどの感激を与えなかった。しかし、堀辰雄をくぐった今なら、その比較において聯繫を見出すことができる。

「新感覚」の供物は、横光利一において病妻という供物を「羅列」する。ナポレオンの腹の「田虫」の「湿疹性」は妻の胸を「侵蝕」する結核菌に転生する。そこでは「愛」「病」「死」の生命指標（ライフインデキス）が実験される。
全集の保昌正夫編「年譜」からたどろう。
●大正八年、小島勗の家（東京市本郷区真砂町三十六番地）に出入りし、小島の妹キミを識る。
●大正十一年、八月二十九日、父が仕事先の朝鮮京城府黄金町で死去。
●大正十二年、九月一日、関東大震災にあい、小石川区餌差町三十四番地、野村初太郎方に転居。この年、小島キミと同棲。（＊作品などから震災直後、さらに郊外の阿佐ヶ谷に転居）
●大正十四年、一月二十七日、母こぎく死去。（＊作品などからその直後キミの発病）十月、キミの病勢が悪化し、療養のため、神奈川県葉山町森戸の鈴木三蔵方に移る。
●大正十五年・昭和元年、六月二十四日、神奈川県三浦郡逗子町小坪の湘南サナトリウムでキミ死去（享年二十三歳）。戸籍面への婚姻届出は七月八日。
●昭和二年、二月、菊池寛の媒酌により日向千代（二十六歳）と結婚。東京府下豊多摩郡杉並町大字阿佐ヶ谷に新居を構えた。
およそ八年間の生活と文学はこうして繰りひろげられた。

愛

「新感覚」の「供物」はまず「生命」の「愛」を祭壇にささげる。それは大正十三年十一月の『愛巻』（のち『負けた夫』）から、昭和二年三月の戯曲『愛の挨拶』までの作品系譜によってたどられる。時代は放蕩する。愛は争闘する。冒頭。

風が闇の中で吹きつけてゐた。外では塀の慄へる音がした。巻き上げられた木片が時々カタツと戸を叩いた。それでも妻は実家へ行くと云つてきかなかつた。

の争闘は次の詩をまねく。

われ君を愛すれど君われにまたも云ふ。
「君われを愛せず。」と。
われ君を愛すれば君に怒るなり。
されど君われの心を知らずして
さめざめと泣き給ふ。

先立つ戯曲『港』（大一三・八、のち『帆の見える部屋』第一幕）の夫婦の会話。

房子。あなたのやうな方を良人に持つたら、不幸だわ。
山村。何ぜだ？
房子。自分の奥さんと、他の女とをいつも等分に見られてゐちや、たまらないわ。
（中略）
山村。いや、われわれは、実に幸福ではないか。幸福だらう。（にやにやと笑ふ。）
房子。もうすこし私を愛して下さればよ。
山村。幸福と云ふものは、大体からわれわれの幸福である間、幸福なものなのだ。

幸不幸の論議は別名愛の論議。論議はいつの間にか争闘となる。キミの発病以前から基本形はかわらない。「新感覚」の実験に「愛」の争闘は供せられる。『慄へる薔薇』（大一四・一）の冒頭の「彼と妻とはもう長らく結婚した当時の汚い家に住んでゐた。」は、小石川の餌差町の家、三の「秋が深くなつて来た。かれは長らく望んでゐた郊外へ変つて来た。」は阿佐ヶ谷の家。家の前には通りから玄関まで花に包まれた小路があり、庭には薔薇や糸菊が咲く。苺畑はダリアの花畑と並んで……。「花」と「病」の聯繫は先取られていた。しかしそこに不幸が発生していた、発生した不幸の救いとして「花」があった。キミ没後の『美しい家』（昭二・一）に「ある日、私は妻と二人で郊外へ家を見付けに出ていつた。」とあり、「だが、秋が深くなると、薔薇が散つた。菊が枯れた。」とあり、「菊が枯れた」からのごとく、「私はかぜを引き続けた。母が、「アツ」といつたまゝ死んでしまつた。すると、妻が母に代つて床についた。私の誇つてゐた門から登る花の小路は、氷を買ひに走る道となつた。」とあって、『春は馬車に乗つて』の前史がつづられることになる。同棲結婚以前からの葛藤が、『青い石を拾つてから』（大一四・三）に次のように引き継がれる。

その白昼私は東京で手拭を振り回して歩いてゐた。すると倒れた。石に躓いたのだ。臑から血が出てゐた。臑を傷つけた青い小さな石を拾つて湯に這入つた。私は湯の中へまる裸体で浸りながらしきりに人生に腹を立てゝゐた。
湯から出ると私はその足で直ぐK子の家へ行つた。彼女の家の影が青い感じで押し詰つてゐた。

K子は、キミである。当時横光は小石川初音町、K子の家は真砂町。躓いて拾った「青い石」の青い影（「外にある条件の必然」）が引き起こすように、父の脳溢血の頓死、姉の子の発病。それは大正十一年八月のことだった。恋愛の発生はそもそもすでに強迫観念を伴っていた、「愛」の争闘を。「生命」の「病」「死」を。そうしてそれを誠実に引き受けたのが横光文学だ。

病

母の死に連続したキミの「病」は、すでに『園』（大一四・四）に現れる。兄と妹の形で。「妹の部屋から医者が出て来た。悪事をして来たやうな顔をして。」「血痰は？」「今日はありません。」「だが、兄と妹の肺臓が壁を経立てて腐つて行く。これは事実だ。」ここでは名は町子。抜粋しよう。

愛の論議は、

●愛とは何か。時には反語を説明する努力である。

●肉体とは愛への二つの平行線の距離である。霊魂とは愛への輻射点への速力だ。

●愛しないと云ふことが、常に、最も愛すると云ふことに変わるのだ。

「新感覚」の表現は、

●湾の上では白帆が風を孕んでゐた。

●少女の青ざめた寝顔の上で七色のベクトルが花開いた。

●神よ、御名を明し給へ！

と「羅列」される。『静かなる羅列』（大一四・七）の「Q川はその幼年期の水勢をもつて鋭く山壁を浸蝕した。」が続く。「新感覚」の「供物」として。続いて「病」の妻は、『妻』（大一四・一〇）に現れる。

雨がやむと風もやむだ。小路《こうぢ》の両側の花々は倒れたまま地に頭をつけてゐた。今迄揺れつづけてゐた葡萄棚の蔓は静まつて、垂れ下つた葡萄の実の先端からまだ雨の滴りがゆるやかに落ちてゐた。どこからか人の話し声が久し振りに聞えて来た。

「まア、人の声つて懐しいものね。」と妻は床の中から云つた。

妻はもう長らく病んで寝てゐた。彼女は姑が死ぬと直ぐ病ひになつた。

まさに『春は馬車に乗つて』の冒頭に先駆する。

「まるで新感覚よ。」

「生意気ぬかすな。」

「病」の妻は「新感覚」の祭壇の共演者なのだ。『ナポレオンと田虫』（大一五・一）の「ナポレオン・ボナパルトの腹は、チユイレリーの観台の上で、折からの虹と対戦するかのやうに張り合つてゐた。」が年を開ける。「愛」の突っ張り合いと「病」の「浸蝕」。翌月の『鼻を賭けた夫婦』は、「A夫婦は恋愛結婚をして了つた。その甘さは新聞にまで素つ破抜かれた。」と「して了つた」結婚の甘い「愛」の論議は破綻の危機をはらんでいる。「同人日記　朝から晩まで」（大一五・二）の看病の日々は、「海の草」（大一五・五）の「鮟鱇は踊り疲れた海のピエロ。海老は甲冑をつけて倒れた海の武者。鯵は海から吹き上げられた木の葉である。」と『春は馬車に乗つて』の「新感覚」の同一表現を先取る。「新感覚」の「供物」が「病」の妻に前に並べられる。「寝たらぬ日記―湘南サナトリウムの病院にて」（大一五・七）の看病の極限を提出しながら。

死

そして、その年六月、二十四日、キミの死没。『春は馬車に乗つて』の

海浜の松が凩に鳴り始めた。庭の片隅で一叢の小さなダリヤが縮んでいつた。

彼は妻の寝てゐる寝台の傍から、泉水の中の鈍い亀の姿を眺めていた。亀が泳ぐと、水面から輝り返された明るい水影が、乾いた石の上で揺れてゐた。

「まアね、あなた、あの松の葉が此の頃それは綺麗に光るのよ。」と妻は云つた。

「お前は松の木を見てゐたんだな。」

「ええ、」

「俺は亀を見てたんだ。」


視点の齟齬は「愛」の齟齬。「病」を拡大しつつ「新感覚」の凄愴な実験が試みられる。実験は「愛」の「思想」を昇華する。ラストは。


「どこから来たの。」

「此の花は馬車に乗つて、海の岸を真つ先きに春を撒き撒きやつて来たのさ。」

妻は彼から花束を受けると両手で胸いつぱいに抱きしめた。さうして、彼女はその明るい

花束の中へ蒼ざめた顔を埋めると、恍惚として眼を閉ぢた。

「恍惚」が「新感覚」・「文学」に供される。

続く『蛾はどこでもゐる』(大一五・一〇)は、まさに「死」の直後から書き出される。これはフィアンセの「死」の当日を書かなかった堀辰雄の『風立ちぬ』とまさに対蹠する。

たうとう彼の妻は死んだ。彼は全くぼんやりとして、妻の顔にかかつてゐる白い布を眺めてゐた。昨夜妻の血を吸つた蚊がまだ生きて壁にとまつてゐた。

妻の血を吸った蚊は、「虫の文」。「虫の我」の蛾は、妻の亡霊か。「義妹の身体がひとり蚊帳の中で青白くぐつたりと眠つてゐた。」「彼はだんだん義妹の身体が恐くなつた。」義妹は亡妻の分身。彼は妻の家から逃げ出して恩師の家に立ち寄る。

その夜彼は寝ようとして寝巻を着替へにかかると、不意に一疋の白い蛾が粉を飛ばせて彼の頬へ突きあたつた。彼は、はツしと掌で蛾を打つた。

描写は迫真して現実の境界を超脱する。蛾の攻撃性は「妻の念力」を感じさせ愛の争闘は幽冥界に延長戦をもちこす。「死とは何だ。死とは?」しかし彼は妻の「死」の間際の言葉と顔を思い出す。

「もうYは一人ぼつちになるんだわ。私が死んだら、もうYの事をしてやるものが誰もないわ。」

Yは横光。これを横光は『花園の思想』(昭二・二)に展開する。キミの死際の「新感覚」の実験を引き出す。そして「愛」を「花園」において、ついに「思想」化する。直前の『計算した女』(昭二・二)は、「お桂は尖鋭な病人であつた。彼女は朝起きると爪を磨いた。」で始まる。お桂の新しい足袋、化粧、果物と菓子、機械のような速度の読書、ここに『蛾はどこにでもゐる』同様、妻に似たモダンな新しい女の登場が持ち込まれる。その「彼女の最も努力したことは、彼に嫉妬を起さすことであつた。しかし、彼は、いつも亡くなつた妻の閃めく表情の輝やかしさに、恍惚としてるだけである」とあり、ラストは「ふと、彼は亡くなつた妻に大きな花を買つてやりたくなつた。彼は門の前に立つたまゝ暫く花籠の登つて来るのを待つてゐた。」とあって、『花園の思想』に先駆する。つまり新しい女は蛾の化身、亡妻の化身なのだ。ここまできて、

丘の先端の花の中で、透明な日光室が輝いてゐた。バルコオンの梯子は白い脊骨のやうに突き出てゐた。彼は海から登る坂道を肺療院の方へ帰つて来た。

と、「愛」「病」「死」の花園の「思想」化が試みられる。そしてそのラスト。


「さやうなら、」と暫くして妻は云つた。

「うむ、さやうなら、」と彼は答へた。

「キーボ、キーボ」と母は呼んだ。

しかし、彼女はもう答へなかつた。彼女の呼吸はただ大きく吐き出す息ばかりになつて来た。彼女の把握力は、刻々落ちていく顎の動きと一緒に、彼の掌の中で木のやうに弛んで来た。彼女は動きとまつた。さうして、終に、死は、鮮麗な曙のやうに、忽然として彼女の面

上に浮き上つた。

——これだ。

彼は暫く、その眼前に姿を現はした死の美しさに、見とれながら、恍惚として突き立つてゐた。と、やがて彼は一枚の紙のやうにふらふらしながら、花園の中へ降りていつた。

「木のやうに」「鮮麗な曙のやうに」「一枚の紙のやうに」「彼」は、横光は、「死」を「新感覚」において描き切ったのだ。しかしそれは自然主義のリアリズムではなかった。新感覚派のそれだった。それは「愛」と「病」を伴う「生命」の領略だった。

その間の論証は一篇の作品論を要することだろう。

翌月の戯曲『愛の挨拶』は、校正係が校正刷りを読み上げるところから幕が開く。甲。爛子は尖鋭な病人だった。彼女は朝起きると爪を磨いた。

「愛」をめぐる挨拶。それは二組の男女によって交わされる。その一。

男優。あなたは、僕とあなたとの生活を、愛で説明しなければすることが出来ないほどそれほどセンチメンタルだつたのです。

女優。あなたは、あなたの亡くなつた奥様のことより考へられないほど、それほどセンチメンタルだつたのです。

横光は「病」と「死」を供物に「愛」を領略したのだ。いな、「生命」を「文学」において領略したといえる。「生命」の領略を果たした横光は、いよいよ「新感覚」の驍将となる。ここでは横光は、もはや新感覚派の枠組みを超えて「文学」の驍将といえる。
死者は多くの「供物」を捧げられる、自らも「供物」となって生者を支える。

四、「文学」の驍将

横光利一の「新感覚」の実験は生活・社会・心理の工房へと向かう。それが『上海』『機械』『寝園』への道だった。横光は昭和二年の三月、五月の「文芸時代」の終刊を見越すように、片岡鉄平、川端康成、池谷信三郎、犬養健、岸田国士らと文芸春秋社から「手帖」を創刊する。その四月の第二号に堀辰雄が「やがて冬（ランボオの詩によるバリエーション）」を発表する。これが堀の「山繭」「驢馬」以外の雑誌の最初の作となる。十一月にも「花或は星の言葉」を発表、これはラディゲの翻訳だった。明けて昭和三年、「新感覚派とコンミニズム」（昭三・一）に、「コンミニズム文学のみが、ひとり唯物論的文学では決してない。それなら、他にいかなる唯物論的文学が存在するか。それは、新感覚派文学、これ以外には、一つもなかつた。」と書く。逆に「資本主義文学が新しく発生したとしても、彼らは唯物論的な観察精神をもつた新感覚派文学でなくては、無力である。」と記す。続く「唯物論的文学論について」（昭三・二）に、「彼の尊敬すべき葉山嘉樹氏がどうして当時一人尊敬されねばならなかつたかを知りたいなら、彼の作に現れた感覚活動を験べれば充分である。今後の文壇に現れたものにして、もしその者が新しきものであるならば、必ずその者は何らかの点に於て新感覚派であるにちがひない。彼の聡明な芥川龍之介氏は、その死の前に於て説明して、「以後、現れる優れたる文学者は、総て新感覚派でなければならぬ。」と云つたのは、これは名言の如く真理である。」と記す。今現在の私は、この言葉の束に勇躍する。芥川龍之介の名言は、「文芸的な、余りに文芸的な」の「新感覚派」で少し文章が相違するが。中で、「たとへば横光利一氏は僕の為に藤沢桓夫氏の「馬は褐色の思想のやうに走つて行つた」（？）と云ふ言葉を引き、そこの彼等の所謂新感覚の飛躍のあることを説明した。」とも記している。葉山嘉樹の「感覚活動」は、たとえば『海に生きる人々』の冒頭。

室蘭《むろらん》港が奥深く入り込んだ、その太平洋への湾口に、大黒島が栓をしている。雪は、北海道の全土を蔽うて地面から、雲までの厚さで横に降りまくつた。

室蘭は私の郷里。内浦湾、別名噴火湾に錨のように突き出た半島だ。また小林多喜二の『蟹工船』は、

「おい、地獄さ行ぐんだで！」

とはじまる。函館から出た北洋船。ロシアと睨み合う海域に出た蟹工船に労働争議が組織される。志賀直哉の簡潔表現を、「新感覚」の即物性で乗り越えたこうしたプロレタリア・マルキシズムのリアリズム。リアリズムの「供物」。ここに「新感覚」の「供物」が感受されていた。横光は、「感覚のある作家達」（昭三・八）で「新らしい文学の形式は、その時代の民族の生活形式から生れて来る」と「新感覚派の新リアリズム運動」を「自然主義的リアリズムに対する新リアリズムの抬頭」と定義し、新しい人々の中では、藤沢桓夫、橋本英吉、永井龍男らとともに堀辰

雄をあげている。さらに「室生犀星氏の近頃の文芸批評は氏の優れた感覚の所有者であるにも拘らず」と、室生の文芸批評をとりあげている。その室生は「文芸時評」（昭三・四）で「堀氏の『即興』は軽快な写実を気持の上に趁ふた新しい様式文学」とし、「文芸時評」（昭三・八・一七、一八）でマルキシズムの中野重治の『春さきの風』を評価し、さらにまた堀の『不器用な天使』を「文芸雑筆」（昭四・一）で「感覚が起る心理の速度、速度の新しい飛躍は此の作家がなまなかな作家でないことを証明してゐる。横光君以後の作家であり或意味で横光君よりも素晴らしい新時代の光線をあびてゐるものかも知れぬ。」と絶賛した。この賛は、新感覚派の仲間で話題になったとみえる。川端康成は「文芸時評」（昭四・四）で横光君よりも云々の「速度」に疑問を呈し、「この作品は徹頭徹尾作者の誤算に成り立つものとしか思はれない」としたが、堀の文壇入りを押し上げたことにかわりがない。続いて十一月『上海』が開始される。

明けて昭和四年、十月、横光、川端、犬養健に堀、永井龍男ら若手が合流した「文学」が第一書房から創刊される。堀は創刊号巻頭に『眠つてゐる男』（のち『眠れる人』）を発表する。横光の「頂点とマックス・ジャコブと現実と」は、堀の「ジャコブの「骰子筒」」（昭四・九）を受けたものだった。「「彼は現実をばらばらにして組立てる」と堀辰雄は名訳した。彼は現実をばらばらにして組立てる。しかし、彼はその組立てる刹那に於て再び現実を組立てない。……」と。さらに横光は「文学的実体について」（昭四・一一）を載せる。ここに新心理主義を受け入れた横光は『機械』（昭五・九）、川端は『水晶幻想』（昭六・一、七）を発表する。堀は『聖家族』に到達する。

こうして横光の堀評価の決定版「「聖家族」序」があらわれる（昭七・二）。

「聖家族は内部が外部と同様に恰も肉眼で見得られる対象であるかの如く明瞭にわたくし達に現実の内部を示してくれた最初の新しい作品の一つである。」

伊藤整は成功作『生物祭』（昭七・一）に続いて『新心理主義文学』（昭七・三）を刊行してこれを囲む。

五、看取りの妻たち／愛しの女性たち

本稿執筆中、昭和文学会の秋季大会があった。身があいて久しぶりに私は大妻女子大学に向かった。特集で「小島信夫とその時代」。折から『横光利一読本』に小島信夫の「「困る」小説」という一文があり、「困るといふのは、読者が読んで困る小説といふ意味ではなくて作中の主人公が困るところの小説」とあり、伊藤整が横光作品を「心理小説といふより、弁証法的論理で発展させる小説」とした言葉を借りて「弁証法的論理による困り方」としていることを確認しつつ。

発表はそれぞれ面白かった。個人的には本稿を持ちつつ聴いた。立尾真士の「「悲劇」・「喜劇」・責任」は「「大岡昇平のシニシズム」から『抱擁家族』へ」を副題とするもので江藤淳の『成熟と喪失』を批判的テキストとする整理の行き届いたもの、土屋忍の「昭和三〇年前後の小島信夫」は「「馬」を中心に」と副題とするもので村上春樹の『若い読者のための短編小説案内』の『馬』を「癒しと赦しの物語」として受けとめその発展形を『抱擁家族』とする評を相対化し

たもので、興味深かかった。というのは、私は、まさに今秋、江藤の村上評と江藤の堀評の相似性から「村上春樹へ／堀辰雄から――アメリカへ／フランスから」を仕上げたばかりだから。それが本稿の〆切を半月遅れたといういきさつだった。続く熊谷信子の「小島信夫「うるわしき日々」――「私」のマーマリング」に、三浦清宏の『小島信夫をめぐる文学の現在』が引かれているのにも心ひかれた。というのは思いもかけず室蘭育ちの三浦清宏が出て来たからだが、そればかりでない、適切にも「「外国人を書くのは難しい」と小島さんは言った。「向うの話になってしまうからだ。妻ならいやおうなしに自分とかかわってくる。それで他人のような眼でこちらをみる。親子関係もいいが、夫婦のように突き放したところがない。」と、まさに、『抱擁家族』の核心であり、これが横光の「愛」の争闘・病妻物のそれに連関するから。小島は明らかに横光を継いでいる。だから小島と森敦の『対談　文学と人生』を引いた熊谷のセンスを買う。

千石英世の「講演　小島信夫の小説と小説観」の三島由紀夫の『小説とは何か』と小島の「私の小説作法」などのエッセイから析出した小島の小説観、『抱擁家族』の固定されたビデオカメラから執拗に撮られた家族の戯曲的構成と『うるわしき日々』の幽霊の眼で見たパースペクティヴな家族像のリアリティーに魅せられた。

さて帰宅後、今、本稿の最終に突然のように私に訪れた感慨がある。

看取りの妻たち／愛しの女性たち

そうなのだ。『春は馬車に乗つて』『花園の思想』の妻・お前・キーボは、よく自己を、自己の中の「女性」を主張して作中の「新感覚」の実験に耐えた。看取りを赦し看取られながら。『風立ちぬ』のお前・節子は、リルケのいわゆる人生が運命より以上であるための「愛する女」によく応じた。『抱擁家族』の時子は、敗戦日本のアメリカコンプレックスのファルスを生きてみせた、姦通と死において、なによりも主人公の「困る」を現出させて。みな耐えて応えて生きて、死んだのだ。これを健気としてなんの不思議がある。「文学」の中の彼女たち。

その点で、横光の病妻物に現代「文学」の先駆性をみていいのではないか。村上春樹の女性たち、『ノルウェーの森』の直子や緑や『ねじまき鳥クロニクル』の妻クミコ、笠原メイ、加納クレタなど死者にも生者にも「文学」の愛しき協力者を見る。いや「生命」の領略の。

看取りのフィアンセあるいは青春の別れ

――横光利一『春は馬車に乗って』『花園の思想』と堀辰雄『風立ちぬ』に見る――

講演録より

ご承知のように、お釈迦様がおっしゃった四つの苦しみ、生老病死と、なかでも生もまた苦だということが非常に重要な所なのであります。こういう生けとし生けるものに科せられた一つのあり方というものがある。そういうものに対して看護というのは愛ですね、慈しみということが、生に対しても、老に対して、病に対しても、死に対してと同様この慈しみという看護がなされるということだろうと思います。しかし、一方で文学はその反対のようなものも、また人間の真実として見出す。病への怒りや憎しみ、死への恐怖といったもの、あるいは愛に対する虐待ですね、こういうことも看取りの中で忍び寄るといいましょうか、この虐待というようなものまで、文学は観察しそこに表現をするのではないでしょうか。

ここに横光利一と堀辰雄という作家がいます。ご案内のように、横光利一は、大正末期から昭和初期は川端康成とともに新感覚派を代表する表現者であります。ここでフィアンセといいますけれど、実質的に作中の妻、小島キミさんと結婚しています。（お亡くなりになってから法律的には敢えて籍を入れた）この人を看護し、最終的な看取りをするということ、こういうことが自分の新感覚派としての表現の樹立という、芸術的達成をその看取りにおいて得ているのであります。だから芸術的エゴイズムがかかっていたのであります。同じように新感覚派を受けついだ、新心理主義を確立していく堀辰雄という作家、この作家も婚約者の矢野綾子さんと一緒に高原療養所に入り、そして看護し看取る。そのことによって彼の新心理主義は完成をする。そして新たにプルーストらの影響下の中で新しい文学に入っていく。これを生者となったもののエゴイズムと、あるいは芸術的エゴイズムと取るかどうかというような問題があります。この文学の上では死を乗り越えたといいますか、フィアンセの死を乗り越えて、ここで青春の歌の別れをしている。そしてリアリズムの文学といいましょうか、壮年期へと自分の芸術を進めていったということになる。

この生者と死者との関係というものは、これは大変な観察材料です。死者が生き残るフィアンセに、死の準備教育をしている。その看病されながら何らかの悟といいましょうか、そういうチャンスをつくっている。生者もまた死にゆく人からデスエデュケイションを受ける。文学や芸術でない時にも、私たちは親や師匠などの死というものの経過の中から、やはり教えというものを受ける。とくに文学というものは魂の管理者といいましょうか、表現するものとして貴重であるのではないか。万葉集に鎮魂、相聞が大変多く集録されていますけれども、こういうものも一つの魂というもの、生者と死者との魂の呼び合いというもの、そういう命の行き交いというものを言葉というものが繋いでいるんではないかと。そういう点では芸能にしても文学にしても大変重要なこの看取りという場として、この表現行為が成立していくのではないかと思うのです。

資料の一つは、横光利一の『春は馬車に乗って』と『花園の思想』という作品のラスト、[注1]末尾の一節であります。また堀辰雄の『風立ちぬ』という連作のなかの、「風立ちぬ」という比較的前半の文章、それから「冬」という作品の末尾[注2]であります。この十二月五日というのは実は十二月六日に綾子さんは亡くなっているので、前日までを日記の様な形でこの作品は書かれているのであります。堀辰雄はその一年後に、軽井沢の川端康成の別荘を借りて執筆した「死のかげの谷」の中で、綾子さんへの鎮魂を果たすわけです。堀の場合には、日本的な鎮魂だけではなくて、ドイツのリルケの「レクイエム」、鎮魂曲を彼なりの形で表現をしました。

春は馬車に乗って・花園の思想

『春は馬車に乗って』と『花園の思想』は横光利一の中では大変珍しい作品です。主人公の男性が作家ということになっています。横光利一は「私」と書いたり「彼」と書いても、その人の職業を作家という風にしないで沢山の名作を書いております。しかしこの小島キミさんとの二作については、堂々と主人公は作家として一人の女性の死を受け止めようとして表現しています。その妻であるキミさんは、大正十二年に発病しまして、この『春は馬車に乗って』はおそらく葉山の森戸というところの農家を借りて療養をした時代でないかと考えられています。冒頭も「海浜の松が風に鳴り始めた。庭の片隅で一叢の小さなダリアが縮んでいった。」というところから始まりまして、彼は妻の寝ている寝台の側から、泉の中の亀の姿を眺めていたというところから始まっております。そして堀辰雄との対照性といいましょうか、似た事情の中で表現化の共通性と異質性ということがあります。『風立ちぬ』は婚約者が私という人にほとんど抵抗してないといいましょうか、おとなしくあるべき幸福というものをいわば二人で作っていく。こちらの方は妻が暴れるといいましょうか、この亡くなっていく奥さんをわざわざ作家は暴れさせているとも見えるのであります。すぐの冒頭で「お前はそこで長い間寝ていて、お前の感想は、たった松の葉が美しく光るということだけなのか」「ええ、だって私もう何も考えないことにしているの。」もうこういったらやめるのに、横光は「人間は何も考えないで寝ていられる筈がない。」と誘導する。「そりゃ考えることは考えるわ。あたし、早くよくなって、シャッシャッと井戸で洗濯したくってならないの」とすばらしい言葉であります。そうすると主人公は「お前はおかしな奴だね。俺に長い間苦労をかけておいて、洗濯がしたいとは変った奴だ。」こういうようなことになって結局対立と言いましょうか「そりゃあたし、あなたを大切にして、…それからもっといろいろすることがあるわ」と。しかしもうこの女は助からないと思った。「俺はそういうことはどうだっていいんだ。ただ俺は、そうだね。俺は、ただ、ドイツのミュンヘンあたりへいっぺんいって、それも、雨が降っている所じゃなくっちゃ行く気がしない」「あたしも行きたい」と妻が言うと急に寝台の上で、腹を波のようにうならせた。「お前は絶対安静だ。」「いやいや、あたし、歩きたい。起こしてよ。ね、ね。」「駄目だ」「あたし、死んだっていいから」こういうようなことを言い争うものですから、発熱をさそってしまうのであります。これは作家の性なのか何なのか。「俺の身体は一本のフラスコだ。何ものよりも、まず透明でなければならぬ。」この作家は自分の自意識というものを曇らせない、相手が亡くなるということでも、自分の実験室のフラスコを透明でなければならないという。だからこのキミさんの生の実存というものもそこに引き出されてしまう。それは一種の両方が苦しい悲劇的なことでもあるわけであります。

また主人公は妻を元気にさせるために、臓物を探す。臓物を町からもって来てですね、「この曲玉のようなのは鳩の腎臓だ。この光沢のある肝臓は、これは家鴨の生肝だ。これはまるで噛み切った一片の唇で、この小さな青い卵は、これは崑崙山の翡翠のようで」ともってきた臓物を、彼の新感覚派的な表現の中で象徴化するわけです。そうすると妻が食欲を誘われて、その姿を「お前をここから見ていると実に不思議な獣だね」「臓物を食べたがっている檻の中の奥さんだ。」といってあらそいを誘発する。この中でやがて主治医の人に薬を取りに行った時に、医者からあなたの奥さんはもうだめですよ。もう左の肺がありませんし、それに右ももうよほど進んでおります、と告知される。この医者が丁度堀辰雄と綾子さんが入院した富士見療養高原所の医院長になっていく正木不如丘という、小説も書くお医者さん、それと同じお医者さんであります。こういう中で死の宣告をうけたこの主人公と「彼は海浜に沿って車に揺られながら荷物のように帰って来た。」この「荷物のように」という表現はやはり新感覚派の勝利といっていいようなものですね。表現というものが死というものをつきつけられた後の心境というものを、こうした芸術的・文学的実験に託して、一つの人生や死というものについて、そこに表現を樹立させていく。それが記念碑なんです。

最後に聖書を急いで読み上げた。旧約聖書第六十九番。最後に「神よ、願わくば我を救い給え。大水ながれ来りて我たましいにまで及べり。(中略)われは嘆きによりて疲れたり。」にいたる。六十九番のあと彼は妻の啜り泣くのを聞く。お前は、今何を考えていたんだね、と聞く。「あたしの骨はどこへ行くんでしょう。あたし、それが気になるの。」「あたしの骨の行き場がないんだわ。あたし、どうすればいいんでしょう」と。こういう仕組のあとなのであります。最後のパーツは次のごとくです。「彼と妻とは、もう萎れた一対の茎のように、日々黙って並んでいた。しかし、今は、二人は完全に死の準備をしてしまった。」と始まる。デスエデュケーションがここでそのまま表現されるるわけなんですね。ぎりぎりのところで死と戦っていきながら、そして作家としての文学の実験もやめずに、そういう中で死の準備というものをした、ということでありますます。そしてラスト。「或る日、彼の所へ、知人から思わぬスウィートピーの花束が岬を廻って届けられた」と。この岬を廻ってというのは、死と生との断崖、その岬を廻ってこの生の側からスウィートピーが届けられる。彼は花粉にまみれた手で花束を捧げるように持ちながら、妻の部屋へ這入っていった。会話。「とうとう、春がやって来た。」「まア、綺麗だわね。」「これは実に綺麗じゃないか。」「どこから来たの。」「この花は馬車に乗って、海の岸を真っ先きに春を撒き撒きやって来たのさ。」これは、スウェーデンの作家キーランドの『希望は四月緑の衣を着て』という風に翻訳されている小説の影響なのであります。ですから春は希望だと言っています。「妻は彼から花束を受けると両手で胸いっぱいに抱きしめた。そうして、彼女はその明るい花束の中へ蒼ざめた顔を埋めると、恍惚として眼を閉じた。」これはこういう場面の中で一種の救いがあったわけです。現実の救いがなくて、スウィートピーの花束、そしてその夫が「海の岸を真っ先に春を撒き撒きやって来た」という風に妻に表現することによって、妻の恍惚というものを導きだし、そしてそこで恍惚と彼女が眼を閉じたという、安楽死ではないですけれども、こういうものを可能にしたということは、やはり新感覚派の一つの勝利、人生に対する勝利といえましょうか。

横光利一の『花園の思想』は逆に恍惚は夫がもつ形になっています。最後の十三章でありますが、最期の日になるわけであります。医者が来ます。カンフル剤、食塩、リンゲルが交代に彼女の体内に火を点けた。しかし、もう、彼女は昨日のようには蘇らない。ただ最後に酸素吸入気だけがぶくぶく泡をたてながら、必死の活動を始める。堀辰雄の『風立ちぬ』からは一切こういうような場面がネグレクトされている。死の一日が。そしてこの吸入器をかけているわけでありますす。それで駆けつける人を待つために、注射をしてうとうとするわけなんですね。そうすると妻は「いやいや。」もうあたし、だめなんだからと妻は言う。そして「一羽の鴉が彼と母との啜り泣く声に交えて花園の上で啼き始めた。すると、彼の妻は、親しげな愛撫の微笑を洩らしながら呟いた」と。「愛撫の微笑」これですね。これまでこういうこの死への準備段階といいましょうか、あるいは、生への執着といいましょうか、そういう中で、あれだけの夫婦の戦いのようなことを演じたわけでありますが、ここで妻は「親しげな愛撫の微笑」というものを洩らすわけであります。死んでいく人によって救われるといいましょうか。生者には思いがけない死に行く人の、ある達成されたもの、覚悟に近いもの、そういうものに出会わされるわけですね。そして彼は、もう涙が出なかった。「さようなら。」としばらくして妻はいった。「うむ、さようなら。」と彼は答えた。「キーボ、キーボ。」と母は呼んだ。しかし、彼女はもう答えなかった。彼女の呼吸は、ただ大きく吐き出す息ばかりになって来た。よくとらえています。「彼女の把握力は、刻々落ちていく顎の動きと一緒に、彼の掌の中で木のように弛んできた」と。実感というものもちゃんと新感覚派は書いている。「彼女は動きとまった。そうして、終に、死は鮮麗な曙のように、忽然として彼女の面上に浮き上がった」と。これに対してもちろん批判があります。特にリアリズム文学の人達によって創りすぎだ、というものはもちろんあったんです。「終に、死は、鮮麗な曙のように、忽然として彼女の面上に浮き上がった」これがやりすぎだと。――これだ。彼はしばらく、その眼前に姿を現した「死の美しさに」に「見とれながら、恍惚として突き立っていた」と。『春は馬車に乗って』では妻がスウィートピーの花の中に恍惚と眼を閉じた。ここでは妻の息を引き取った中でですね、その死の美しさに恍惚として作家は突き立っていた、とこういう風な終わり方をしております。

風立ちぬ

これに対して堀辰雄はどうでしょう。高原療養所という山の療養所。この小島キミさんは湘南療養所なんです。海の療養所。それから今度は山の澄みきった空気がいいということで、富士見高原療養所でありますが、そういう山のサナトリウムの生活の中の特殊な人間性というようなものを、彼は作り上げて、そして死に行く人と風変わりな愛の生活というものを、普通の場所でなくサナトリウムという特殊な空間の中で、生と死を見つめる特殊な空間の中で、愛の完成というものを二人で作り上げようと努力していく物語です。そういう中で、このヒロインの方はお父様が来ると熱が出たりなんかするんで、お父様が来ることが遠慮される。本当はお父さんもお母さんも養父母なんですけれども、養父母だということが最近の研究でわかり、しかも彼女の日記が見つかって彼女はそのことを知ってこの少女期を迎えたということがわかった。その養父母はお金持ちで銀行の頭取なんかしていました。見舞いに来てたんですけれども、物語としてはほとんどネグレクトしている。女主人公が死の間際にですね、お父さんを夕方の夕陽のあたった山の陰に父の面影をみてしまう。それを自分は婚約者に申し訳ない、もうちょっと我慢してと、私は耐えられるんだから、とこういうような風にけなげにも彼女の方は「こんな気持、じきに直るわ」というわけであります。これについてかつて私は、「支配の構造」ということで文学を扱っている、そういえるかどうか分かりませんが、ここには堀辰雄によって矢野綾子さんという人の生と死が支配されていると、こういうような大胆な論をだしまして、今はかなり引用されるのであります。はじめてそういう作家の実験といいましょうかそういうものが問題になったんです。単にこれをセンチメンタルな同情ばかりで読んでは真実は伝わってこないわけであります。あるいは二人の努力も伝わってこないのです。

そういう中で、最後の最後の所ですね、「そうして私は何んでもないのにそんなに怯えきっている私自身をかえって子供のように感ぜずにはいられなかった。」死に行く人が子供になるんではなくって、看病する人が幼児に退行現象おこしてはたまったものではない。しかし私たちはですね、親の死や何かの時に立派な成人なのにですね、看病するものも子供に戻る、そういうようなことがあります。「私はそれから急に力が抜けてしまったようになって、がっくりと膝を突いて、ベットの縁に顔を埋めた。そうしてそのままいつまでもぴったりとそれに顔を押しつけていた。病人の手が私の髪の毛を軽く撫でているのを感じ出しながら……」ナーシングをするのはですね、男の方ではない、看取りをしている男が死んでいく人に髪を軽く撫でてもらっているわけなんです。これもまた、死という場面での、決して偽りとか文学的な虚構とだけでは言えない問題があるんではないかと。つまり看取りをする者の、また生の実存というのが、退行現象をおこしたり、あるいは亡き人によって髪を撫でられたりすると、こういう場面はあるのかと。「部屋の中までもう薄暗くなっていた」これが末文。堀辰雄は翌日を書いていないんです。翌日に彼女は息を引き取ったわけであります。この富士見高原療養所っていうのは大変有名でありまして、沢山の人が入院しております。私が東洋大の院生と一緒にここを訪れて、事務長の人の案内で見て、入院記録を見せてもらいました。綾子さんの死去もきっちり書かれています。堀辰雄は事故となっています。事故というのはですね、退院のことなんですね。事ある故にということで。事故で堀辰雄は、堀辰雄も半病人ですから入院の形で看病しております。その一年前、竹久夢二がですね、昭和九年にやはりここでなくなって、死去と記録されております。

結核の文化史

このようなサナトリウムの文学について、福田真人さんという人の『結核の文化史―近代日本における病のイメージ』（平七・二　名古屋大学出版会）という本があります。この本の所在をいち早く私に告げてくれたのが、退職した広島一雄教授でありました。堀辰雄のことが書かれているのに、私は半年くらいこれが出たということを知らないでいました。これは、明治の日本近代の殖産興業のなかで、機の製手工場で働いた女工哀史、その人たちが次々に肺病になって死んでいくんですね。そして福田さんの表[注3]を見ていただければわかりますように、昭和十年の折れ線を見ますと圧倒的に二十歳前後の人が亡くなってるんです。こういう風に若い人がかかる病気なんです。この『不如帰』の浪子が一番の最初の結核の浪漫化なんでありますが、彼は第二章では結核の浪漫化と非浪漫化・リアリズムということでですね、文芸作品をふんだんに引用しながら記述しているんです。そしてその次の章が結核と医学。というような中で結核の予防運動がおこり、結核というもので死ぬ人が少なくなっていく。遠のいた人、残されたイメージということで、結核死亡率の昭和四十八年を見てもらうと、このぐらい死亡率が少なくなっている。そして若い人はほとんどゼロですね。そして老年になった人がある程度結核で亡くなってるということで、病気についてこれほどに時代によって違うわけであります。上の表も死亡率ということで、どんなことが対処されながら死亡率が変わっていったか。サナトリウムというものが始まった。療養所というものが造られるようになって、あるいは人工気胸、肺の形成、ＢＣＧの実施、集団検診、肺切除、外科的なことですが、そして堀辰雄が亡くなる頃に化学療法という抗生物質が始まるんです。これが丁度堀辰雄の死が昭和二十八年で、抗生物質の使用というものが二十五年くらいから施され始めるのであります。そういう中で福田さんは『風立ちぬ』についても引用して論じております。[注4]サナトリウムというものの記述ですね、無機質的な記述がどうして浪漫的になっていくかと。白衣の看護婦だとか、バルコン、これは行っていただければ分かると思いますが今でも残っていてバルコンがあります。それから日光浴、こういうようなことが施されるんです。そしてこういう風に書かれております。こういう山のサナトリウムの生活というものが恵まれているために、ドイツのシゲリストという人が言っている一文[注5]などを引いて、社会学的に見るとサナトリウムの生活というものは病人はいくらか非現実的な雰囲気の中で生活していると記しています。日常の環境から立ち退かされて、美しい風景、森林、山の中、新しい環境。そして患者は労働することは期待されていない。社会的義務も果たす必要がない。看病される、看取られる、栄養のあるものを食べる。そして普通ははるかに高い水準で生活をしている、と。事務長の人に聞きますと、当時の高原療養所は高級ホテルの一泊分が一日の療養費だと言われるわけですから、そうとうにお金持ちの人でなければ入院できないわけでありますね。こういうこのブルジョアっぽいサナトリウムというものが、一種の高級文化の、あるいは高級な精神の探求といいますか、そんなものにぴったりな場になっていったということでありまして、様々な形で肺病の闘病経験が、芸術家の経験としてあらわれます。そんな中でやがて外国のサナトリウムに入る人まで現れていって、芹澤光治良という人[注6]はパリのソルボンヌ大学の留学中に倒れてスイスのレーザンの療養所にはいったということであります。そして彼は彼の小説の『ブルジョワ』という小説の中で、そのサナトリウムのことをこう書いていています。〈結核都市コー、全快率八十三%〉とポスターに書いていたと。結核都市。鎌倉の海浜療養所は後に鎌倉ホテルになったように。高級ホテルの部屋というようなものなわけですね。そういう中で、彼の小説『ブルジョワ』で、肺病とサナトリウム療養というもの転地療養というもの、こういうものが連想されてですね、一種の憧れや勝手な甘い想像を抱くようになったと。芹澤さんや堀辰雄の小説になった。立原道造の影響力が少なからず与っていたのです。そしてこういう浪漫化が無価値かどうかという問題ですね。病気にとって無価値かという問題は考えなければならない。療養の、実際の闘病というものはそういうものではないということはあるでしょう。しかし一つの芸術家・小説家あるいは読者が、結核という病を浪漫化していくことによって手に入れたものがある。やはりひとつ考えなければならないのではないかと。病気の浪漫化というものは、やたらに価値づけられるものでもないとしても。

死の看取り

死の看取りの準備教育という今日やはりひとつ考えてみなければならない。それは人間にとって浪漫というものは不必要かという問題にもなるのではないか。病まう人、病まって死にゆく人。看取る人。そしてそこには大変な疲労や葛藤やそういうものがあるわけでありますけれども、一つの文化の知恵として、あるいは近代を知ってしまった我々としては、そういうゆとりの場というものを浪漫化に導かれながら、そういうものをも可能にするような場というようなことを、やはり考えていかなければならないと思います。医学というものを近代というものを手に入れた人類です。ただそれに向かうと、医療というそういうものを使わなければならないのだけれども、精神の持ち方とか、あるいは人間の尊厳だとかいうようなことの道を、芸術表現は担って、何らかのひとつの作品になりうるのではないか。そういうようなことで私は二人の作家を対照的に扱ってみたわけです。

注1

海面にはだんだん白帆《しらほ》が増していった。海際《うみぎわ》の白い道が日増しに賑《にぎ》やかになって来た。或る日、彼の所へ、知人から思わぬスウィートピーの花束が岬《みさき》を廻って届けられた。

長らく寒風にさびれ続けた彼の家の中に、初めて早春が匂《にお》やかに訪れて来たのである。

彼は花粉にまみれた手で花束を捧《ささ》げるように持ちながら、妻の部屋へ這入《はい》っていった。

「とうとう、春がやって来た。」

「まア、綺麗《きれい》だわね。」と妻はいうと、頬笑《ほほえ》みながら痩《や》せ衰《おとろ》えた手を花の方へ差し出した。

「これは実に綺麗じゃないか。」

「どこから来たの。」

「この花は馬車に乗って、海の岸を真っ先きに春を撒《ま》き撒きやって来たのさ。」

妻は彼から花束を受けると両手で胸いっぱいに抱きしめた。そうして、彼女はその明るい花束の中へ蒼《あお》ざめた顔を埋めると、恍惚《こうこつ》として眼を閉じた。（岩波文庫「春は馬車に乗って」）


妻は頷くと眼を大きく開いたまま部屋の中を見廻した。一羽の鴉《からす》が、彼と母との啜《すす》り泣《な》く声に交えて花園の上で啼《な》き始めた。すると、彼の妻は、親しげな愛撫の微笑を洩らしながら呟《つぶや》いた。

「まア気の早い、鴉ね、もう啼いて。」

彼は、妻の、その天晴《あっぱ》れ美事な心境に、呆然《ぼうぜん》としてしまった。彼はもう涙が出なかった。

「さようなら。」と暫くして妻はいった。

「うむ、さようなら。」と彼は答えた。

「キーボ、キーボ。」と母は呼んだ。

しかし、彼女はもう答えなかった。彼女の呼吸は、ただ大きく吐き出す息ばかりになって来た。彼女の把握力は、刻々落ちていく顎《あご》の動きと一緒に、彼の掌《てのひら》の中で木のように弛《ゆる》んで来た。彼女は動きとまった。そうして、終《つい》に、死は、鮮麗な曙《あけぼの》のように、忽然《こつぜん》として彼女の面上に浮き上った。

――これだ。
彼は暫く、その眼前に姿を現わした死の美しさに、見とれながら、恍惚《こうこつ》として突き立っていた。と、やがて彼は一枚の紙のようにふらふらしながら、花園の中へ降りていった。

（岩波文庫「花園の思想」）

注2

私は窓のところに両手を組んだまま、言葉もなく立っていた。山々の麓《ふもと》にはもう暗《やみ》が塊《かた》まっていた。しかし山頂にはまだ幽《かす》かに光が漂っていた。突然咽《のど》をしめつけられるような恐怖が私を襲ってきた。私はいきなり病人の方をふり向いた。彼女は両手で顔を押さえていた。急に何もかもが自分たちから失われて行ってしまいそうな、不安な気持が一ぱいになりながら、私はベッドに駈けよって、その手を彼女の顔から無理に除《の》けた。彼女は私に抗《あらが》おうとしなかった。

高いほどな額、もう静かな光さえ見せている目、引きしまった口もと、――何一ついつもと少しも変っていず、いつもよりかもっともっと犯《おか》し難いように私には思われた。……そうして私は何んでもないのにそんなに怯《おび》え切っている私自身をかえって子供のように感ぜずにはいられなかった。私はそれから急に力が抜けてしまったようになって、がっくりと膝《ひざ》を突いて、ベッドの縁に顔を埋めた。そうしてそのままいつまでもぴったりとそれに顔を押しつけていた。病人の手が私の髪の毛を軽く撫《な》でているのを感じ出しながら……

部屋の中までもう薄暗くなっていた。（新潮文庫『風立ちぬ』「冬」）

注3

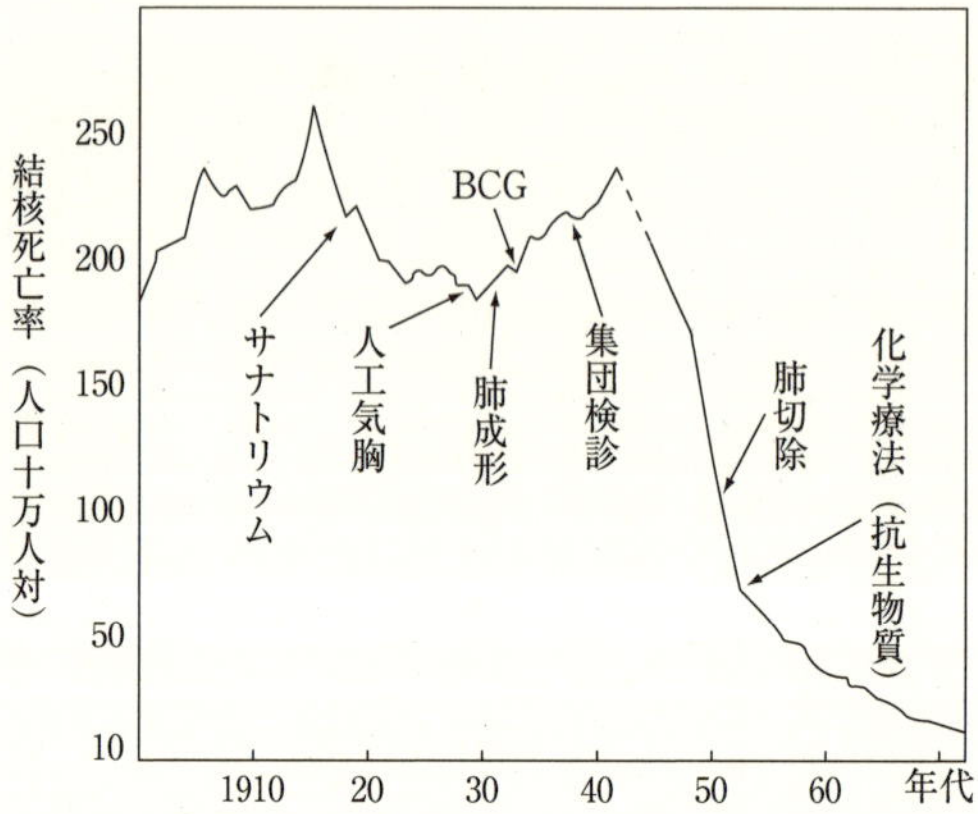

日本における結核死亡率とさまざまな療法の変化

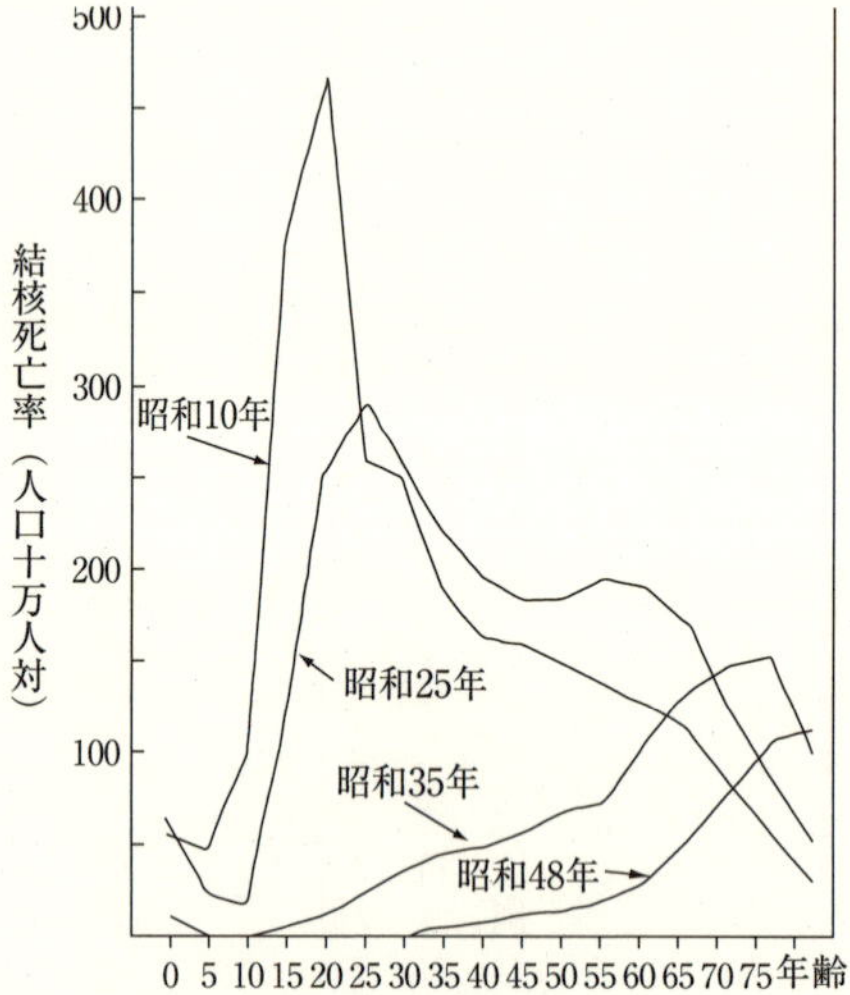

日本における結核の年齢階級別死亡率の変化

注4

『風立ちぬ』において堀の描く富士見高原療養所は、八ヶ岳の麓の傾斜地に「背後に雑木林を背負ひながら、赤い屋根をした、いくつも側翼のある、大きな建物」であり、「リノリウムで床を張った病室には、すべて真っ白に塗られたベッドと卓と椅子」があり、「附添人のために宛てられた狭苦しい側室」がある。病棟では、「白衣の看護婦だの、もうあちこちのバルコンで日光浴をしだしてゐる裸體の患者達だの、病棟のざわめきだの、それから小鳥の囀りだのが」何の脈絡もなしにあるのだが、そこにいる人々には何か独特のものが感じられるのだった（「節子」とは、矢野綾子をモデルとした、この小説の主人公）。

かういふ山のサナトリウムの生活などは、普通の人々がもう行き止まりだと信じてゐるやうな、特殊な人間性をおのづから帯びてくるものだ。――私が自分の裡にさういふ見知らないやうな人間性をぼんやりと意識しはじめたのは、入院後間もなく私が院長に診察室に呼ばれて行つて、節子のレントゲンで撮られた疾患部の写真を見せられた時からだつた。

そうした特殊な人間が寄り集まった所、それが掘によればサナトリウムというものなのであり、その無気力と退廃と倒錯の世界はすでにドイツ人トーマス・マン（Thomas Mamn, 1875–1955）が一九二四年（大正十四年）に長編小説『魔の山』（Die Zauberberg）の中で余すところなく描いていたものでもあった。この点、医学史家シゲリストは、新しい治療形態としてのサナトリウムについて次のように書いている。

結核のサナトリウム療法は患者の社会学に一つの新しい特色をもたらした。サナトリウムの中では病人はいくらか非現実的な雰囲気の中で生活している。患者は自分の日常の環境から立ち退かされ、ふつうは美しい風景、森林あるいは山の中に位置している全く新しい環境へ移される。ここでは患者が労働することは期待されないし、許されもせず、社会に対する義務もなくて世話を受け、看病され、栄養のあるものを食べ、ふつうふだんよりははるかに高い水準で生活している。換言すればその地位に非常に高い病人の特権が認められている。堀の『風立ちぬ』は、このような結核患者の療養とその心象風景を見事に描き出して、日本におけるサナトリウム文学の記念碑的作品となったのである。

注5

シゲリスト（松藤元訳）『文明と病気』（上）このシゲリストの一文は、肺病のロマン化の最終段階としての「サナトリウム文学」の成立の一側面を物語っていないだろうか。つまり、非現実的な雰囲気、病人の特権、美しい風景の中で、義務といえば肺病を癒すために治療を受けるだけである。その治療も、新鮮な空気を吸い（大気療法）、陽光を浴び（日光療法）、栄養価の高い食事をとる（栄養療法）ことであった。こうした状況下で、結核サナトリウムに入った患者に対して、医師は肉体的恢復のみならず治癒後の社会的復帰がすみやかに進むように心理的配慮も必要になってきた。つまり、シゲリストの言うように、特権に慣れ親しんだ患者は、その特権（病人であること、病人として取り扱われること）を失った後の生活に不安を感じて、病気以外の精神上の問題で社会復帰を拒んだり、遅滞をきたすようなことが生じるようになってきたのである。そのためサナトリウムでは、軽症の患者や完治に近い患者に対して作業療法、職業療法を行うようになった。

注6

芹澤は、サナトリウムの場所をコーに設定し、レストランの壁に掛かっている地図の横に、「結核都市コー、全快率八十三％」、「肺を病む者は山岳へ行け」というポスターを見いだすのである。このコーにある、欧州各地からの結核患者で埋まった療養所『希望』（エスポワール）では、四百の病室が太陽と大気を十分受けられるように南向けに作られ、患者はベランダに寝椅子を出して終日外気を呼吸するのである。このコーだけで、五つの私設サナトリウム、七つの公設サナトリウム、その他ホテルと貸別荘に合わせて六千人ばかりの患者が滞在している。そこでは人工気胸がおこなわれ、新しい薬が、たとえばサノクリジンが、かつてツベルクリンがもたらしたのと同じような興奮を患者の間に呼び起こしている（「ブルジョア」）。それは、かつて一九二四年にトーマス・マンが書いた『魔の山』の情景と瓜二つの世界であった。太陽と外気浴、安静と栄養、この四つが人々に幅広く信頼され用いられている療法なのであった。

もう一人、とりわけ若い人々に熱狂的に読まれたのが、ドイツに哲学を修学するため留学し、その地で肺結核に倒れ、高山のサナトリウムで療養した杉正俊の手記『郷愁記』（昭和十八年）であろう。人々は、肺病とサナトリウム療養あるいは転地療養をなんの造作もなく連想し、そこにやがて一種の憧れや勝手な甘い想像を抱くようになったのには、こうした芹澤光治良や杉正俊の手記、さらには堀辰雄の小説、立原道造の影響力が少なからず与っていたのであろう。

（東洋大学東洋学研究所公開講座　平成十六年六月十二日）

III　堀辰雄と中野重治

現代日本文学の〈ヴィ〉堀辰雄と中野重治

そはまこと現代日本文学の
海路に浮かぶbuoy（標）に
してvie（生）なるを

——一九二〇年代・「驢馬」の時代——

一、「驢馬」以前——感受性の行方

二十世紀が終わろうとする今日、共に日本の一九二〇年代に文学的出発をもった堀辰雄と中野重治の文学は、共に我々の前にどのような相貌を見せるであろうか。一九二〇年代の初年に当たる一九二一年＝大正十年をもって現代日本文学の起点とする考え、この年の平戸廉吉の日比谷における「日本未来派宣言運動」を始点とするモダニズム文学と秋田における小牧近江らの「種蒔く人」の創刊を始点とするプロレタリア文学との新興文学と、既成のリアリズム文学との平野謙

の所謂「三派鼎立」をもってその標識とする考えは、いまだに有効性を失っていない。そのモダニズム文学とプロレタリア文学をやがてそれぞれに担ったのが、堀辰雄と中野重治だった。一九〇四年＝明治三十七年十二月、東京麹町区平河町に生まれて隅田川東畔の向島に育った堀辰雄は、この年、第一高等学校理科乙類に入学し、学寮で詩を書く少年神西清を知り、その感化で習作『清く寂しく』を発表している。また、それより先んじること二年十一か月の一九〇二年＝明治三十五年一月、福井県坂井郡高椋村（丸岡町）一本田に生まれ育った中野重治は、すでに金沢の第四高等学校文科乙類にあり、大正九年より校友会誌「北辰会雑誌」の編集委員となって詩や紀行文を発表開始していた。首都東京の堀辰雄と北陸金沢の中野重治は、遠く隔たりつつ現代日本文学の海域に浮標をあらわし始めていたのである。その遠い標がやがて互いに距離を縮めて、一本の野太い生となる。その連結の交点に、室生犀星がいた。室生犀星がそれを可能にし、その交点に、芥川龍之介や萩原朔太郎らが集って昭和文学、ひいては現代日本文学の扉の一つが開かれる。「驢馬」という同人誌を囲んで。堀辰雄にとって芥川龍之介は同郷人（向島と両国）、室生犀星は異郷人。中野重治にとって室生犀星がほぼ同郷人（福井と金沢）で芥川龍之介が異郷人だった。二人にとって前橋の萩原朔太郎は共に異郷人である。

さて、大正十二年という年は、二人にとって慌ただしい年であった。共に室生犀星を知る年である。第一高等学校生堀辰雄が、出身の第三中学校長広瀬雄の紹介で室生犀星に面会したのが五月、室生犀星に伴われて初めて軽井沢に行ったのが八月。関東大震災で母を喪った堀辰雄を芥川龍之介に託して、室生犀星が金沢に帰郷したのが九月。その室生犀星を、第四高等学校生中野重治が訪ねたのが十一月。十二月には堀辰雄も金沢に室生犀星を訪うている。だから二人が同時に金沢にいた時期があったわけで、この折、『愛の詩集』『抒情小曲集』の詩人が、堀辰雄や中野重治に彼等を語らなかったであろうか。しかし金沢における二人の面会有無は確認できない。

翌大正十三年二月にも、中野重治は室生犀星に窪川鶴次郎と共に会っている。そうして中野重治は四月、上京して東京大学独逸文学科に入学し、本郷区駒込神明町三六三番地青池一治方に住む。一方堀辰雄は、七月、金沢の室生犀星のもとに滞在し、八月、帰途の一日軽井沢に先着の室生犀星と芥川龍之介のもとに一泊する、そして片山広子を知る。この年も同じ東京に二人がいた時期が重なるわけだが、出会いは確認できない。当時文学界では、「文芸春秋」から「文芸時代」が分立し、「種蒔く人」の後継誌「文芸戦線」が創刊され、モダニズム文学の新感覚派とプロレタリア文学のマルキシズムが旗色を鮮明にして、明らかな対立関係に入っていた。

翌大正十四年一月、中野重治は四高出身の仲間と東京で「裸像」を創刊する。また室生犀星は、前年十一月から単身幾度も上京を繰り返しつつ、四月には田端の旧居に落ち着いている。その四月、堀辰雄は東京大学国文学科に入学。堀辰雄と中野重治は、このころ室生犀星を通して知り合ったとされる。同時にこの頃東京移住を果した田端にあった萩原朔太郎とも知ることになる。さらに室生犀星のもとで窪川鶴次郎、平木二六らと落ち合うことになり、次第に「驢馬」の仲間が形成されてゆく。この年の夏は、二人のその後を決定する夏として記憶される。すなわち堀辰雄は、七月九日より九月上旬まで軽井沢にあり室生犀星、芥川龍之介、萩原朔太郎、片山広子一家と交際して、おのれの文学的方向を明確に自覚する。また九月、『甘栗』を一高出身者の同人誌「山繭」に発表する。一方中野重治は、その夏新人会に入会して社会主義に接近、十月、林房雄らと社会文芸研究会をつくる。十二月、「静岡新報」に『愚かな女』を応募（選者室生犀星）一等当選する。

そうしてその十二月には昭和元年となる大正十五年を迎える。その一月、中野重治は、新人会の東京各地の合宿に入り、共同印刷所の争議に派遣される。二月、社会文芸研究会が中心に、マルクス主義芸術研究会（マル芸）を創立、いよいよ苛烈に左翼運動に突進してゆく。一方堀辰雄は、三月、最初期の決算ともいうべき『風景』を「山繭」に、「ハイカラ考」を「辻馬車」に発表して、いよいよモダニズム文学を鮮明にする。そうして四月、ついに「驢馬」創刊に至る。二人はまさに同人として一雑誌に集う。ここに現代日本文学の二つの〈ヴイ〉は連結する。連結して海域にシュプールを描くことになる。その創刊号ではしかし中野重治は、プロレタリア文学の旗印を未だ明瞭にはしなかったが。

＊

さて、以上「驢馬」創刊に至る経過を年譜的事実に沿ってたどって来たが、その「驢馬」以前の、二人の文学的資質を少しくうかがっておく必要がある。それは感受性の行方を確認することになる。

堀辰雄の最初期文学については、すでに幾度か論じたのでごく簡単に触れるにとどめる。生涯最初の『清く寂しく』（大一〇・一二）の清く寂しい繊細な感受性、一高文芸部の「校友会雑誌」に発表した「青っぽい詩稿」青っぽい病夢や離愁、「快適主義」や「第一散歩」の下町の一本の古松に凝した孤立の高貴さ、貴族主義。そうしたものが、社会的現実からの離脱と上昇的志向を見せて山の手的西欧趣味に向かう。そのゆくたては、『風景』や「ハイカラ考」までの諸作品に確認してゆくことができる。

これに対して中野重治の最初期は、「北辰雑誌」から「裸像」に至る時期としてとらえることができる。そしてそれが短歌の制作から始まることも重要である。堀辰雄は短歌と無縁のところから出発した。師匠の室生犀星のたどった俳句（俳諧）から短歌（和歌）へ、さらに詩に至って小説に連結する経緯を堀辰雄は持たず、室生犀星、芥川龍之介の俳句もない。いきなり詩から入って小説に向った。萩原朔太郎もまた短歌から詩への道をたどっているのだから、これは特殊なことといえる。高等学校が理科であったことと大いに関係があるかもしれない。それだけ西欧文化から直接入ったことを示している。このことは堀辰雄の中野重治との大いなる資質上の違いであろう。つまり堀辰雄は〈歌のわかれ〉を不要とする地点からすでに文学を始めたということである。「北辰会雑誌」（大九・六）に次の歌がある。

自《みず》から《か》も知るはなほうしわが性《さが》は人のいふなる饒舌なれば
川ばたのクローバはよし六月の光にいねて肌をふるれば

中野重治が饒舌な人間がどうかは別として（中野重治には極端な寡黙と極端な饒舌の繰り返しがみられる。対して堀辰雄は生涯寡黙であったと言える。長編がないこともそのあらわれだろう）、ここでおのが性《さが》〈自体〉より性《さが》〈自認〉への嫌厭の方が強いということは、中野重治の本質の反映であろうし、また「肌をふるれば」の皮膚感覚からの官能の覚えも貴重である。こうした身体感覚は堀辰雄に案外に少ない。もっと意識的知的処理にかかわっている。さらに次の（大一二・一二）の「占《うら》」と題する

　日斜《た》くればその身消《け》ぬがに音《ね》に出でて人泣きそめぬ今はたへかねつ
　今日の逢ひいや果ての逢ひと逢ひにけり村々に梅は咲きさかりたり

という恋愛歌における万葉調の斎藤茂吉の『赤光』張りのいちずさは、どうだろう。中野重治の抒情性の質をあらわしている。後年『斎藤茂吉ノオト』を出すようにここに斎藤茂吉の影響というより資質の相似性というものを十分に考えなければならない。斎藤茂吉と『鷗外　その側面』の森鷗外と『室生犀星』の室生犀星の三角形は、中野重治のプロレタリア文学以前の資質の問題に遡行して捉えられなければならない。プロレタリア文学のかかわりで影響が指摘される北村透谷、二葉亭四迷、石川啄木が彼のゾルレン（当為）につながるのに対し、ザイン（存在）にあるものとしてである。こうした中野重治の短歌的抒情の質というものは、のちの「裸像」時代の詩作品にまっすぐ繋がっており、「驢馬」時代の「歌」への訣別、小説『歌のわかれ』の世界に反転しながら繋がってゆく。

また、小説の習作も『口笛の話』(大九・一二)は、「月のない夜の空に、紫いろにちらちらと輝く星のような眼を持つた一人の少年が、ある暮れ方私に話してくれた短い話を、いま物語ろうと私は思うのだ。」と書き出される。サン・テグジュペリの『星の王子』にまがうオランダ領セレベス島の笛の音の美しい少年の美しい島における美しくも気高く勇ましい物語一巻である。こうした美しいものへの憧憬は、『ひとり言』(大一〇・一二)では、「この何もできないでぼんやりと二十年を送つてきた私の未来にも、何か一つくらいは美しいものが、たとえ上べだけ一時的に美しく見えるものであるにしても、私を待つていてくれるのであろうか。」という切望をともなっている。また、『国旗』(大一〇・七)の「百姓をしているだけでは、とてもあの子を上の方の学校へあげることはできないんだもの」と夫と朝鮮に出稼ぎに来たお房の物語は、中野重治の自伝に重なり、「そのうちに突然朝鮮が日本のものになることにきまつた。お房はそんな噂を今まで一度も聞いていなかつたので驚いた。そして朝鮮人がかわいそうでもあり、またわけもわからず日本人が浅ましくも思われた。そのうえ近ごろは方々に暴徒が起きて、そんなことまでもお房の帰心を煽《あお》りたてた。」というくだりは、中野重治の生活的現実への下降的密着による虐げられた者への同情と不正への際立だった感受性、嗅覚を示している。さらに、『姉の話—ある青年の手記—』(大一一・七)は、兄を失った弟が兄と兄の妻であった姉の不幸な物語を綴るという設定だが、ここでも恵まれない境遇の者への同情が美しい憧れにさも似ていることは、注目に値する。憧れや恋の行方ほどその作家の資質を表すものはないといえる。憧れや恋の行方は、感受性の行方でもある。堀辰雄のベクトルは、明確にブルジョアに向かい、中野重治のそれはプロレタリアに向かっている。『六月』(大一一・八)には、「共産主義というものを私は知らないし、またそれとは全然無関係の話だが、金というものはみんなでおもしろく使うべきものではあるまいかと思う。」という、共産主義への無関係を記すことの関係の証しはさることながら、〈金〉、つまり〈産〉へのこだわりには特に着目したい。

以上このような「北辰会雑誌」の諸作品に、すぐにもプロレタリア文学、マルキシズムへの参入が用意されていたわけであるが、それが、一九二五年＝大正十四年の「裸像」の詩篇に、その感受性の質と社会的正義感のまことに美しい結晶をみせてはいることに注目したい。しかし、未だにその旗色を掲げるに至っていない。プロレタリア詩は、「驢馬」において初めて掲げられる。「裸像」創刊号(大一四・二)の「しらなみ」は、その途上にあって力強くまことに美しい結晶を見せている。

こゝにあるのは荒れはてた細長い磯だ
うねりは遙かな沖中にわいて
より合ひながらよせて来る
そしてこゝの渚に
寂しい声をあげ
秋の姿でたふれかゝる

そのひゞきは奥ぶかく
逼つた山の根にかなしく反響する
ぐわんぢやうな汽車さへもためらひ勝ちに
しぶきは窓がらすに霧のやうにもまつはつて来る
あゝ　越後のくに親不知市振の海岸
ひるがへる白浪のひまに
わが旅の心はひえびえとしめりを帯びて来るではないか

ここにある抒情は、終刊号（大一四・五）の「浪」の

………前略………
浪はこの磯にくずれて居る
この磯は向ふの磯につゞいている
それからづつと北の方につゞいて居る
づつと南の方にもつゞいて居る
北の方にも国がある
南の方にも国がある
そして海岸がある
浪はそこでもくずれて居る

ここからつゞいて居てくずれて居る
そこでも浪は走つて来てだまつてくずれて居る
………後略………

と相俟って、どこか各行が波形をなしつつ、親不知市振の海岸から北の方の国にも南の方の国にも続いて、まるで革命の伝播をあらわしているごとくうかがえる。「驢馬」創刊号が「北見の海岸」からはじまるのは偶然とは思いがたいのである。また、同じく「裸像」創刊号の「わかれ」はどうであろう。

あなたは黒髪を結んで
やさしい日本のきものを着てゐた
あなたはわたしの膝の上に
その大きな眼を花のやうに開き
また徐かに閉ぢた

あなたのやさしいからだを
私は両手に高くさし上げた
あなたはあなたのからだの悲しい重量を知つて居ますか
それは私の両手をつたつて

した〻りのやうにひゞいて来たのです
両手をさし伸べ眼をつむつて
私はその沁みて行くのを聞いてゐたのです
した〻りのやうに沁みて行くのを

これは島崎藤村以来の日本的抒情の一つの頂点を示す作品といってよいのではないか。同時に中野重治の最初期の恋愛歌の近代詩における結実であると言える。そうしてまた、その悲しみの換算法において、「詩人は計算する」の堀辰雄の方法にもかよようモダニティすら獲得していることにも注目したい。

芸術革命の文学と社会革命の文学と。両者は対立しつつ、革命の前衛性において、既成リアリズム文学にくっきりと対抗していたことを確認しておく。「驢馬」は、既成リアリズム文学の側にあったものの自己変革をはらむ場であるとともに、芸術と社会の革命を包含する雑誌であり、堀辰雄と中野重治にとって自己の文学を文壇に打ち出した記念碑であった「驢馬」にはそれだけのものがあった。「驢馬」に寄稿したものは室生犀星、芥川龍之介、萩原朔太郎、高村光太郎、佐藤春夫、佐藤惣之助、千家元磨、福士幸次郎らにまで及んでいる。ただし彼等にとってとくに重要な作品を発表する場ではなかったが、彼等との交流の中で彼等にある意味で見守られつつ、堀辰雄と中野重治のきわだった文学的出発があったということは、後述する伊藤整ならずとも同世代の羨望の対象となる僥倖だったといえる。

二、「驢馬」の時代――作品の展開

「驢馬」は、知られるように一九二六（大一五・昭元）年四月から一九二八（昭三）年五月にかけて、十二号が発行された。二人の「驢馬」時代の文学や「驢馬」掲載の作品を論じるのに、様々な方法が考えられるが、ここでは二人の「驢馬」毎号の目次を掲げつつ、作品の展開の照応をうかがう方法を選択する。

（1）創刊号（大正一五年四月一日発行）

堀辰雄の「驢馬」以前の西欧文学の影響については、別の機会に論ずるが、翻訳の最初が「驢馬」時代であり、翻訳が「驢馬」時代の作品の中心ジャンルであることは、重要である。年譜の一九二一（大一〇）年の頃の「ツルゲネフ、ハウプトマン、シュニッツレル等の小説、戯曲を手はじめに、漸次フランス象徴派の詩人の作品に親しむにいたる。又ショウペンハウエル、ニィチェなどの哲学書にはじめて接す。」とあるそれ以後、とくに「フランス象徴派」以後から堀辰雄の翻訳が始まること、それがまさにフランスにおける象徴派以後のエスプリ・ヌーボーのアヴァンギャルドの詩人の翻訳であったことに注目しなければならない。目次に、「杖のさき（アポリネエルその他）」とある。詩人は、その始祖アポリネールと、コクトー、サルモン、ジャコブ、カルコの五人である。「杖のさき」とは、ショーペンハウエル、ニーチエの哲学詩人を気取った「第一散歩」のような散歩の杖、たずね求めるもののさきということだろう。まさにそのさきに見出したのが、アポリネール一派だった。アポリネールの「風景」の「ここに星や神さまがお生れなさつた家があります」とか、コクトーの「悪い旅人」の「水夫よ、地理を棄てよう！　西班牙は支那のインキだ、赤インキの牛の競技だ。西班牙は鸚鵡の籠だ。」といった斬新なエスプリは、そのまま堀辰雄の文学に写しとられる。

一方、中野重治は、すでに「裸像」に翻訳を発表していた。それはアンデルセン（アナセン）の自伝の翻訳「わが一生のめえるへん」三回である。アンデルセンは、中野重治の最初期からのその文学成立にかかわった重要な存在である。中野重治独特の語りの手法におけるメルヘンとプロレタリア文学の成立にかかわっている。「アンデルセンと戦争」（昭三・二）に、「アンデルセンは美しい自叙伝を書いた。やさしい、そしてとてつもなく生一本《きいっぽん》なこのデンマルクの貧民の子の一生は人の心を打つ場景で充ちている。」と記している。つまり、「地方都市オーデンの貧民街に、公称では日雇い労働者の、徒弟を持たぬ靴職人を父とし、私生児で生年不詳の雑役婦を母として育った。」（世界文学大事典）という「貧民の子」である境遇と「この悲惨からわれわれを救うものはただわれわれを戦場へ追いやるものへのわれわれ自身の叛逆、『戦争に反対する戦争』をおいてない。」という考えを支えるものとして、である。そのアンデルセン翻訳中に手に入れたのが「ホフマン・ウント・カンペ版『ハイネ全集』二十冊」である。そのハイネの翻訳が「驢馬」時代の中野重治の翻訳の中心になる。中野重治の「驢馬」時代は、詩と評論が中心だが、ハイネも又中野重治文学成立に重要な役割を果たしている。それはなにより社会革命への熱情、パッションにおいて。

ここで堀辰雄も、アンデルセンとハイネを愛好していること、堀辰雄においてハイネは、なにより恋愛詩人ハイネであったこと、同様にアンデルセン、特に『即興詩人』のロマネスクなものとしての受容は、中野重治の貧しい境遇の人生的受容と際立った対照性を見せていること、これも二人の感受性の求めとして指摘しておく。

創刊号目次は、「ハイネ書簡（翻訳）」である。ハイネの恋愛詩ではなく、書簡、生活報告になにより興味をよせている。同年代の学生の魂の記録として。ケッチンゲンからの「フリードリヒシユタインマン宛」。「この芝居の中へ私は私自身を投げ入れた、私のパラドツクスと私の智慧と私の愛と私の憎悪と私の気狂ひさ加減の全部とを一しよくたにして」とか「おのれに厳格なれ、これは芸術家の第一戒だ」という辺りに、中野重治のシンパシーの在処を見出してもいいだろう。当時ハイネは「アルマンゾール」を書いていた。

また二人は詩を発表している。堀辰雄の詩は、「何と云つたらい、か（六号欄）」である。「僕は六号を書く代りに、少年の頃、ある避暑地で、ある恋の余白に走り書きした数篇の詩の中から二つばかりよりどつたのを載さして貰はう。……」と前置きして、「ゴミ溜」と題した、「彼女とボオルを投げあつてると／なんと下手な奴だらう／場所もあらうに／ゴミ溜のなかへボオルを放りこんでしまつた」といったものと、「ハンモツク」と題した「ハンモツクよ／お前、置いてきぼりにされたのを知つてゐるか／昨日この別荘を／お嬢さんは去つてしまつたのだ／たぶんお前も僕も倦きられたんだらうよ／それに夏も／いまこの庭から逝かうとしてゐる／その夏のうしろ姿は／昨日のお嬢さんのうしろ姿そつくりだ」といったもの。ここには、アポリネールやコクトーのかけらもないとも言える。つまりこういうものから抜けだしてきたと、その「うしろ姿」を発表した、といえる。しかし、この避暑地の恋の感受性こそ、堀辰雄の文学の精髄というべく、この感受性の知的処理こそ文学成立のかかった鍵であって、取りあえず「驢馬」時代は、エスプリ・ヌーボーがその指南役だったわけである。

これに対して、中野重治は、「煙草や（詩）」である。「しかし僕は／そのお寺のとなりの煙草やを愛して居る／その小さな店に／僕のさぶしい好意を一人で寄せて居る」で閉じられる「美しい神さん」「上品な姉と弟の児供」「顔つきの大人しい血色のいゝ主人」の生きる有様への愛情の視線であり、もう一作「北見の海岸」の「沖合はガスにうもれて居る／渚はびつしよりにぬれて居る／その濡れた渚に黒い人影が動いて居る／黒い人影は手綱を提げて居る／黒い人影は手綱をあげて乏しい獲物をたづねて居る／黒い人影は誰だらう／黒い人影はどこから来たゞらう／獲物はいつも乏しからう／部落は定めし寒からう／そして妻子の間にも話の種が少なからう／そして彼の獲物は売れようか／彼の手にも銭が残らうか」と続く零細な人々の生活へのシンパシーである。堀辰雄の避暑地と中野重治の北見の海岸は、まことに好対照の舞台装置であったといえる。

（2）第二号（大正一五年五月一日発行）

堀辰雄が掲げた翻訳は、「瑠璃草（ジヤン・コクトオ）」――「足が海綿である朝の海」。「寓話」の

「私たちの生《ヴィ》の地図はかういふやうに畳まれてゐる——それは横切つてゐる唯一の大きな道が私たちに見えないやうに、そうして地図を開けてゆくと、次第にいつも新しい小道が発見されるやうに。」とは、まさに堀辰雄の文学そのものがそうした「生《ヴィ》の地図」であったということに思いつく。現代日本文学の浮標は、その Vie（生）でもあった。

中野重治の翻訳は、「ハイネ書簡（翻訳）」。前号の続きで、決闘が大学に分かって処分されたハイネが冬のハルツへの旅への出発を知らせる書簡であった。

この号にも堀辰雄も中野重治も詩を掲げている。そしてその詩は、いずれも「驢馬」時代を担う、まさにモダニズム詩とプロレタリア詩だった。「フアンタスチツク（詩）」は、「わたしは小さな詩集を持つてゐる／そのなかに詩でつくつた花畑があり／そこを開くといつも／さまざまな花の匂がする／その花畑に　ある晩／一人のお嬢さんが散歩しにきた」という新鮮なエスプリ。しかも避暑地的世界は保持されている。『ルウベンスの偽画』の世界に明確に向かっている。ただ堀辰雄は、この号の末尾にも「冬の日」や「田舎道」という脱皮前の詩を掲げているが。

これに対する中野重治の詩が、「夜明け前のさよなら（詩）」。日本におけるプロレタリア詩誕生の記念碑的作品であった。

「僕らは仕事をせねばならぬ／そのために相談をせねばならぬ／然るに僕らが相談をすると／おまはりが来て眼や鼻をたゝく／そこで僕らは二階をかへた／露地や抜け裏を考慮して／中略／夜明けは間もない／この四畳半よ／コードに吊されたおしめよ／煤けた裸の電球よ／セルロイド

のおもちやよ／貸布団よ／蚤よ／僕は君達にさよならを言ふ／その花を咲かせるために／僕らの花／下の夫婦の花／下の赤ん坊の花／それらの花を一時にはげしく咲かせるために」

貧しい生活人、つまり第四階級への愛と同情を、非合法運動の報告書の形で提出している。唯物論の実践として。「おしめ」「裸の電球」といった物そのものの提示が抒情を支えている。抒情に代わるものに向かって。

以下、簡略に目次の題目と私が着目するフレーズのみを掲げることにする。

＊

（3）第三号（大正一五年六月一日発行）

堀辰雄「ジヤン・コクトオ詩抄（詩）」「太陽」―「一人の子供がこんな計略を考へた……人がガラス商人に変装する。そしてさりげなく太陽に背を向けるのである。するとその背なかの上で太陽を捕まへることが出来るだらうと。」

堀辰雄「一九二三年の原稿」―「彼女の家の広い立派な西洋間である。（中略）いや、二個の影法師が甘そうな接吻を交はしてゐるのである。」

中野重治「詩に関する二三の断片（評論）」―「これがブハリンとプレオブラジエンスキイとの手によつて編まれた共産主義入門の献辞であることは言ふまでもない。」「同詩にまた、一人の女に対する一人の男の情念が、その性質上著しく個人主義的であり独善主義的であり、時には頽廃的であり自棄的でさへあり得るに反して、こゝに披げられた感情は、集団主義的であり光明的であり、所属する集団の透徹せる理論と強大な力とに対するこまやかな愛と信頼との思ひをさへも示して居る。」
中野重治「東京帝国大学生（詩）」―「学問の蘊奥／人格の陶冶／そして言ふ／『苦悶の象徴は鳥渡読ませるね』／へどだ」
（4）第四号（大正一五年七月一日発行）
堀辰雄「ロマネスクな葉巻（G. APOLLINAIRE）」
堀辰雄「石鹸玉の詩人（評論）」副題「―ジヤン・コクトオに就て」―「ジヤンは石鹸玉を吹かすことが好きだ。ジヤンは手風琴を鳴らすことが好きだ。ジヤンは海と踊り子と葉巻が好きだ。ジヤンは西班牙とエルグレコが好きだ。」
中野重治「ゴルキへのレニンの手紙（N. LENIN）」―「私達は、新聞『無産者』をフインランドからこゝへ移すための下ごしらへを委任されて来たのだ。」「『無産者』に身を献げねばならぬ。」
中野重治「新任大使着京の図（詩）」―「その男の写真が今朝百の新聞に現れた／妻と娘とを連れ／警官と俗吏とに取りまかれて」
中野重治「ハイネ書簡（翻訳）」―「根を張つた不正と支配して居る魯鈍とそして邪悪とに対して闘争せよ！　この神聖な闘争に於てもしもあなたが私を戦友としたいならば、その時私は喜んで手を差し出さう。詩は終にたゞ一つの美しい付けたりに過ぎない。」
（5）第五号（大正一五年九月一日発行）

堀辰雄「イレエンの蘆笛（ジヤン・コクトオ）」（薔薇の木・果実・ツルヴイユ・ヴエニスの恋人達・一二《アーンツワイ》三《ドライ》）「一二三」――「アンリ・ハイネは巴里がとても好きだつた」

堀辰雄「マツクス・ジヤコブ詩抄」「牡鶏と真珠から」―「夜あけまへに、犬が吠え、天使たちはささやきはぢめる」

中野重治「機関車（詩）」（歌・機関車・掃除・県知事・無政府主義者）「歌」―「お前は歌ふな／お前は赤まゝの花やとんぼの羽根を歌ふな」

中野重治「ハイネ書簡」

（6）第六号（大正一五年一〇月六日発行）

堀辰雄「錯覚（小説）」（お嬢さん失礼しました・一人の紳士が二人に見えた・蜥蜴はゐないよ・寓話・歩いてゐる紳士・速力・セルロイドなのかしら・詩集）

堀辰雄「小隊長（アポリネエル）」

中野重治「郷土望景詩に現れた憤怒について（評論）」―「逃避であつた昨日の『超俗性』（氏の言葉によれば）から進撃である『叛逆性』（氏の言葉によれば）への出発」「氏が同志と呼び、親しき友情を感じ得るものは、今の文壇でただ無産階級派の作家あるのみだ。（中略）『尤もプロレタリア作家といふ中には、社会主義者の一派も居るが、彼らは私にとつて例外である。社会主義そのものは、精神的に私と気が合はない。彼らは私の敵であつて仲間ではない。私が言ふのはアナアキストの一派であり、或はニヒリストの一派であり、或はダダイストのことである。』

悩みが生れて来たのだ。（中略）氏の『戦ひ』への仲間が社会主義者であり、社会主義こそ氏の味方であり、氏の敵は別のあるものであることを理解されるためには、氏に取つて、たゞ一歩を踏み出されるだけで充分ではないか？」（傍点は私が打った）（中略）だがそこにある感情は終に小市民的のそれだつた。そこからして氏の

（7）第七号（大正一五年一一月一五日発行）

H・T・「四行詩（老フランシス・ジャム）＊H・T・＝堀辰雄

中野重治「帝国ホテル（詩）」─「こゝは西洋だ／イヌが英語をつかふ／（中略）／それからこゝは穴だ／黒くて臭い」

中野重治「啄木に関する一断片（評論）」─「北村透谷、長谷川二葉亭、国木田独歩、石川啄木。（中略）この革命的詩人をその誤れる追随者共から正当に取り戻すことにある。」「彼の理想を復活せしめよ。彼の相続をして石碑の建立の感傷性に終らしめるな。」

（8）第八号（昭和二年一月一日発行）

堀辰雄「ギヨム・アポリネエル詩抄（翻訳詩）」

中野重治「詩に関する二三の断片（評論）」─「新しい世界観、新しい観念、新興の力ある活発な精神は終に古い精神の理解の限度を越えて来る。」

中野重治「万年大学生の作者に（詩）」（ポール・クローデル）

（9）第九号（昭和二年二月五日発行）

堀辰雄「天使達が（詩）」―「天使達が／僕の朝飯のために／自転車で運んで来る／パンとスウプと／花を」（軽井沢にて1926）
堀辰雄「ギヨオム・アポリネエル（評論）」―「エスプリ・ヌウボオ論」―新精神《エスプリヌウボオ》のすべての追求、試みは彼等の主宰者であるところの真実へ、真実らしさへ再び帰らうがためだ。」
中野重治「道路を築く（詩）」（汽車）「汽車」―「さよなら　さよなら　さよなら／さやうなら　さやうなら　さやうなら　さやうなら／そこは越中であつた／金持の名産の国であつた／そこの小さな停車場の吹きつさらしのた、きの上で／娘と親と兄弟とが互ひに撫で合つた」
（10）第十号（昭和二年三月一〇日発行）
堀辰雄「詩（詩）」―「風のなかを／僕は歩いてゐた／風は手袋の毛をむしり／風は皮膚にしみこむ／その皮膚の下には／骨のヴァイオリンがあるといふのに／風が不意にそれを／鳴らしはせぬか」
中野重治「死んだ一人（詩）」―「彼は立ち上らうとした／彼は立ち上りかけた／病気が彼を押したふした／彼は死んだ」
（11）第十一号（昭和三年二月一日発行）
堀辰雄「即興（小説）」
中野重治「ハインリヒ・ハイネの言葉（翻訳）」―「人は一八四四年が近代ドイツ社会主義の生誕

の年（中略）マルクスはパリで彼の学説を（中略）ベルリンの大学生であつた若いラッサールは、彼の父へ労働者の（中略）ハイネは、彼の織工の歌とそれのプロローグが全く共産主義的であるところの『ドイツ、一つの冬のお伽物語』とを作詩した。」

※毎号続いた中野重治の作品は、これを最後に終わっている。最終号に中野作品はない。

（12）第十二号（昭和三年五月六日臨時発行）

堀辰雄「病（詩）」―「僕の骨にとまつてゐる／小鳥よ　肺結核よ」

※この著名な詩は、「山繭」（昭三・三）の再録である。「後記」に「三、四月号は都合に依り休刊致しました。御断りまで。」とある。「山繭」には、小説、評論を中心に載せてきたことからすれば、この詩は、「驢馬」のために書き、「驢馬」が休刊となったので取りあえず「山繭」に回したのではないかと推測される。

＊

この一九二八年＝昭和三年という年、堀辰雄は、最もわずかな仕事しか残していない。一月から肋膜炎を患い、死に瀕して休学し、湯河原に静養した。夏まで絶望的な思いで日々を過ごしていた。一方中野重治は、この年第一回衆議院選挙の応援の際逮捕されたり、所謂三・一五事件で検束されたりしたが、三月、「戦旗」の創刊にかかわり、所謂「芸術の大衆化」論争にかかわるなど、極めて多忙の中にあって、八月に「戦旗」に初期の代表作『春さきの風』を、十月に初めて「新潮」にエッセイ「素樸といふこと」を発表している。つまり中野重治の文壇進出の年であったといえる。堀辰雄は、翌四年、二月に『不器用な天使』を「文芸春秋」に、四月に『コクトオ抄』を「現代の芸術と批評叢書」の第一冊として厚生閣書房から出版して、文壇に進出した。

一九二〇年代（二）

三、「驢馬」の時代——芥川龍之介とその超克

(1)「驢馬」への視線

先に「驢馬」における堀辰雄と中野重治の作品を一覧したが、それは芥川龍之介と室生犀星、さらには萩原朔太郎らに見守られての展開だったといえる。そこでまず、「驢馬」時代の最中に世を去った芥川を軸に、芥川の二人への評価と二人の芥川理解をとりあげる。

まずその前提として、「驢馬」創刊前後の「日本詩人」誌上の様々な言動をあげておく。同人の平木二六が「『驢馬』の出生」（大一五・三）をよせ、

「今度、私の親しくしてゐる友達が七人許り寄り合つて詩の雑誌を出す。命題を『驢馬』と言ふ。（中略）何れも詩に托して人生の相《すがた》を見極めようとしてゐる人達にあり、同時に又、新しい詩の分野の開拓に思ひを傾けてゐる人達にある事に変りはないのである。（中略）『驢馬』には主義と云ふ者が無い。独り独りである。己れ丈けの有つてゐる特殊の稟性を念入りに確りと育てゝ行く——。」

と記している。同人を「友達が七人許り」とし「新しい詩の分野の開拓」をうたい、「独り独

り」の「特殊の稟性」の育成を打ち出している。また次号（大一五・四）の「青椅子」で萩原が、詩人が個人誌を出している例をあげつつ「室生犀星君は『驢馬』を監督し」と記したことに対し、さらに次号（大一五・五）の「青椅子」欄で室生が「『驢馬』文」と題し、これを否定弁明しつつ、「自分のやうな多忙な仕事にあるものは、助言くらゐが重なるもので、諸公は随時に振舞つてゐるのである。曾つての『感情』の後身といはゞ言ふものの、それすら私には問題ではない。唯何となく諸公が静かに作品を集める程度のものである。（中略）広告機関がないから私はついでに広告文を書くとすれば『驢馬』の前《さき》に『驢馬』なく、『驢馬』のうしろに『驢馬』なし。『驢馬』自らの鈴を愡しみながら長安の大道を辿る。」

と記し、「発行所は市外田端一二六番地。驢馬社。百十二頁。定価金三十五銭。執筆者、百田、福士、佐藤、千家、芥川、春夫、小穴、高村、稲垣足穂、萩原、宮木、平木、堀、西沢、窪川、太田、中野、室生等である。」と付している。ここで「諸公」とは同人七人を言っているのだろうし、この言葉に彼等若者を敬する大人の心と保育する余裕が伝わってくる。また、執筆者の並べ方にどのような意識がうかがえるか詳らかでないが、それなりの意味が読み取れるように思われる。頁数、執筆者からしても「驢馬」第二号のことであろう。しかし二号の目次順になってはいない。また目次自体も掲載順ではないが、その掲載順とも違っている。目次は、同人七人を並べた後に、寄稿者十二人が並んでいる。室生の並べ方はその寄稿者のうち下島空谷が抜けている。稲垣また佐藤春夫だけは、春夫と名になっているがこれは佐藤（惣之助）と区別したのだろう。

足穂だけがフルネームなのも何らかの意識の結果だろう。さらに先の寄稿者の並びの最後が萩原で、同人七人を挟んで、しんがりが室生自身となっている。こうした「『驢馬』文」の並べ方は、寄稿者の百田（宗治）、福士（幸次郎）、佐藤（惣之助）、千家（元麿）までを一括りとし、次に（佐藤）春夫と芥川（龍之介）を挟んで小穴（隆二）、高村（光太郎）、稲垣足穂をあげつつ最後に萩原（朔太郎）で一旦締め、その後に同人七人を並べて、室生自身は後ろに控える、そうした形容とうけとれるのではないか。自身が一番後ろなのはこの場合の型としてもそこに守り役が意識されたのではなかろうか。では中に挟まれた同人七人の並べ方はどうか。これも五十音でも第二号の目次通りでもない。第六号で初めて巻末に掲げられる「同人氏名」の、中野重治、窪川鶴次郎、平木二六、西沢隆二、堀辰雄、太田辰夫、宮木喜久雄の順とも異なっている宮木を先頭にしているのは編集の打ち合わせが宮木の部屋だったからかとも思われるが、その後の室生の並べ方の順もまちまちなので、思い付くままなのかとも思われる。

さて、こうした前宣伝の「驢馬」のインパクトは、なかなか強いものがあったようである。それは伊藤整の『若い詩人の肖像』（昭三一・八）に次のように記されている。

「私の詩集の校正が出はじめてゐたこの年の秋頃、室生犀星が『日本詩人』に『驢馬』といふ雑誌の出ることを予告する短い文章を発表した。それは、自分の知つてゐる若い詩人たちが雑誌を出す筈で、自分と芥川龍之介とがそれに力を貸してやることになつてゐるといふ趣旨のものだつた。」

伊藤のその詩集『雪明りの路』の出版は、大正十五年十二月であり、「秋頃」とあるのは「『驢馬』文」の発表が五月なので季節にずれがあり、「予告」といふのも第二号についてだから記憶の紛れである。が、しかし、「彼等を強く羨望した。室生犀星と芥川龍之介とに公然と支持されて雑誌を出すことのできるこの数人の青年たちの幸福を考へると、私の胸は嫉妬心でうづいた。（中略）この七人の青年たちは、言はば室生とか芥川といふ当代の流行作家たちに保証されて、特別席を作つてもらつてゐるやうなものだ。」とする意識は、伊藤らしい意識の過剰ではあってもそれでかたづかない当時の受け止められ方を示している。堀と東大国文で同級の舟橋聖一の「堀辰雄思い出抄」（昭三二・二）に「当時、堀は芥川氏の家によく出入りしていた。『あれは芥川のお稚児だよ』と、堀のことを悪口半分にいう学生もあつた。」と記していることが傍証となる。同世代には、芥川に庇護されていることが、堀の文学、ひいては「驢馬」同人への羨望、嫉妬、やっかみの中心だったのである。伊藤は、さらに続けて、「それと前後して、私は偶然読んだ『文章倶楽部』といふ新潮社発行の投書雑誌に、芥川龍之介が、この『驢馬』の仲間の堀辰雄の短い詩を挙げて賞讃してゐる文章を読んだ。（中略）芥川は、この作品にはたしかに新しい時代の感覚がある、とそれを批評してゐた。堀といふ青年は甘やかされてゐる、と、私は思つた。（中略）そのやうな、若い詩人たちの群れて出る時代の感じや、六七人の若い詩人が日当りのいい特別席を与へられて公然と推薦されて出るといふことは、私を不安にした。」と記している。芥川の文章とは、「僕の友だち二三人」（昭二・五）であり、堀の「短い詩」とは、昭和二年三月「驢馬」に

「詩」と題された一編、

　硝子の破れてゐる窓
　僕の蝕歯よ
　夜になるとお前のなかに
　洋燈がともり
　ぢつと聞いてゐると
　皿やナイフの音がして来る

という詩だが、ここにその間の受けとめられ方がよく示されている。今日の文学史的視点に立っても、大正文学を代表する芥川と室生（さらに佐藤春夫、萩原朔太郎ら）に推されて昭和文学に送り出された二人の旗手＝貴種ぶりが浮かび上がる。堀と中野はその感受性を働かす方向を異にしながら、文壇の旗手＝貴種としての送り出され方が共通していたことは十分意識されてよい。モダニズム文学の堀は無論だが、プロレタリア文学の中野にもその特徴は生き続ける。何より芥川に、室生に庇護された文壇の貴族なのである。中野は本質において、決して現場労働者・農民の感受性に同化するものではなかった。それを目途とするゾルレンであってもザインではなかった。家が中農の出であっても。このことは案外に看過されている。そしてその貴族性は、昭和文学の芸術性の頂点に切り結ぶものとしてとどまった。「驢馬」の功罪である。先の室生が寄稿者の中で室生自身だけをしんがりに控えさせて、寄稿者の並びの真ん中に「芥川、春夫」をはめこみつつ最後の萩原と向いあって同人七人を囲む配置は、それなりの当為性をもっていたのである。

(2) 芥川からの評価

さて、当面の芥川龍之介は、堀辰雄と中野重治をどのように評価、理解したか。二人を同人七人の中で特別にクローズアップしていた。堀については、すでに論じたことがあるので簡略に記す。

個人的としての堀宛書簡の大正十二年十一月十八日付、大正十四年七月二十一日付、大正十五年三月二十日付の三つの書簡にその評価がうかがえる。また、「軽井沢日記」（大一三・九「随筆」）や未発表の「（軽井沢日記）」などに軽井沢での交渉ぶりがうかがえ、「軽井沢で—追憶の代りに—」（昭二・三「文芸春秋」）の次の詩には、逆に『ルウベンスの偽画』（昭二・二「山繭」）や「天使たちが……」（昭二・二）などの芥川への影響がうかがえる。

黒馬に風景が映つてゐる。

＊

朝のパンを石竹の花と一しよに食はう。

＊

この一群の天使たちは蓄音機のレコオドを翼にしてゐる。

いや、芥川の触れたコクトーらエスプリ・ヌーボーの影響の堀との共通、軽井沢体験の共通ということでもあろうか。「驢馬」の「僕の友だち二三人」で、芥川は、堀に、

「東京人、坊ちゃん、詩人、本好き——それ等の点も僕と共通してゐる。しかし僕のやうに旧時代ではない。僕は『新感覚』に恵まれた諸家の作品を読んでゐる。けれども堀君はかう云ふ諸家に少しも遜色のある作家ではない。」

という将来の保証を予告している。

対して中野についても、まず室生犀星宛書簡（大一五・一二・五付）において、中野を次のように評価している。

「ソレカラ中野君ノ詩モ大抵ヨンダ、アレモ活キ活キシテヰル。中野君ヲシテ徐ロニ小説ヲ書カシメヨ。今日ノプロレタリア作家ヲ抜ク事数等ナラン。」

芥川は、「驢馬」には、第二号に「横須賀小景」の散文詩数編、第九号には「僕は」という「侏儒の言葉」に収録された散文もあるが、おおむね俳句を寄せているだけである。没後に「僕の瑞威《スヰツツル》から」があるが。ここで芥川が読んだ中野の詩は何か、特定できないが、プロレタリア作家の話題からして、第二号の「夜明け前のさよなら」から第七号の「帝国ホテル」までのどれかだろう。これを「活キ活キシテヰル」といい、「小説を書カシメヨ」と注文し、そうすれば今日のプロレタリア作家を優に抜くだろうと言っている。ここにも中野をして室生の子飼いとする意識がうかがえる。

さらに芥川は、「萩原朔太郎君」（昭二・一「近代風景」）で次のように言っている。

「萩原朔太郎君の『純情詩集』のことは『驢馬』の何月号かに中野重治君も論じてゐる。僕はその論文を愉快に読んだ。すると何週間かたつた後、堀辰雄君が話の次手に『萩原さんの詩には何か調べと云つたものがありますね。それも西洋音楽から来た調べと云つたものですが』と言つた。僕はその言葉にも同感した。中野君の論文は社会主義者の視点から萩原君の詩を論じたものである。僕はあの論文の上に屋上屋を架さずとも好い。又堀君の所謂『調べ』を云々せずとも好いのである。しかしそれ等の因縁から萩原君の詩のことを考へ出した。」

　萩原を論ずる前後に中野や堀の発言を尊重していることがうかがえる。そして中野の「社会主義者の視点から」の論を受容していることもわかる。ただしその論を全面的に肯定しているのではないことは、中野の第六号の「郷土望景詩に現れた憤怒について」で中野が萩原にアナーキズムの超克を求めているのに対し、「では萩原君の真面目は何かと言へば、それは人天に叛逆する、一徹な詩的アナアキストである。」と、なおアナーキストであることに萩原の価値の特徴を認めていることにうかがえる。中野が萩原の「前橋市街之図」を「同志と呼び、親しき友情を感じ得るものは、今の文壇でただ無産階級派の作家あるのみだ。（中略）社会主義そのものは、精神的に私と気が合はない。彼らは私の敵であつて仲間ではない。私の言ふのはアナキストの一派であり、或はニヒリストの一派であり、或はダダイストのことである。」と引き、対して、「氏の『戦ひ』への仲間が社会主義者であり、社会主義こそ氏の見方であり、氏の敵は別のあるものであることを理解されるためには、氏に取って、たゞ一歩を踏み出されるだけで充分ではないか？」とした見解への否定としてこれは読めるである。

さらに芥川は「文芸雑談」（昭二・一「文芸春秋」）に次のように記している。

「譬へば中野重治氏の詩などは昨日の所謂プロレタリア作家の作品の様に精彩を欠いだものではない、どこか今迄に類少い、生ぬきの美を具へて居る。斯ういふ小説や戯曲なども、明日はもつと生れるかも知れない。或は僕の目の届かぬところに、すでに続々と生れてゐるのであらう。（尚次手に一言すれば、僕は近頃中野氏が久米正雄の「万年大学生」に対し、万年小僧よと云つて居る詩を読んだ。然し久米はあの作品の主人公が、社会主義者になつたのを軽蔑して居る次第ではない。それを万年小僧よときめつけられては久米も迷惑に思ふだらう。斯ういふのは久米への会釈ではない。久米は僕等の間では当時の社会主義的感激を一番もつてゐた大学生だつた。そんなことを考へると、今昔の感に堪えないから一寸付け加へる気になつたのである。）」

中野の詩を「所謂プロレタリア作家の作品の様に精彩を欠いだもの」ではないとし、「今迄に類少い、生ぬきの美を具へて居る」と認知している。それでいて、なおまた友人の久米の弁護に立っているのは、まさに芥川自身の立場を言っているわけで、事実今日、中野の芥川批判は根拠のあるものとして認められつつも、芥川のこうした認識が文学芸術として否定されるものでないことは明らかである。滅びの美が美しくないわけではないし、人の心をうつのであり、ブルジョア文学も文学文化の支えにもなるのである。中野の文学の方向のみがプロレタリアを救うとも言い切れない。無論、苦しい立場からの、限界からのプロレタリア文学の抵抗の価値を認めるとしても。

芥川は、『玄鶴山房』（昭二・一、二「中央公論」）の末尾で、自己自身を、次のような一文で支えようとしている。

「彼の従弟は黙つてゐた。が、彼の想像は上総の或海岸の漁師町を描いてゐた。それからその漁師町に住まなければならぬお芳親子も。——彼は急に険しい顔をし、いつかさしはじめた日の光の中にもう一度リイプクネヒトを読みはじめた。」

その従兄弟の大学生に中野の投影をみてもよいし、「Liebknecht の追憶録の英訳本」だが、ここに芥川の中野への応答があるといえる。「或社会主義者」（昭二・一「東京日日新聞」）でも、「リイプクネヒトを憶ふ」という一編を書いた社会主義者が、これがある青年が読んで社会主義者になる機縁となったこともわからず、今は「俗人の平和」に満足し「藤椅子により、一本の葉巻を楽しみながら、彼の青年時代を思ひ出してゐる、人間的に、恐らくは余りに人間的に。」という一場においてシニシズムを綴っている。芥川も未来を志向する者として社会主義を考えているのは、石川啄木の晩年と共通する。しかし、ブルジョア志向もまた、啄木が最終に願った「家」が、「場所は、鉄道に遠からぬ、／（中略）／高からずとも、さてはまた何の飾りのなしとても、／広き階段とバルコンと明るき書斎……／げにさなり、すわり心地のよき椅子も。」であったのと同様、まぬがれないものだった。日本においては、まずブルジョア文学へ、それすらもまた過渡期だった。プロレタリア文学へは、過渡期ですらなかった。しかも、プロレタリア文学が人類の最終の理想へ向かう文学であるかどうかも当時は、今日はさらに、未決である。

また、「文芸的な、余りに文芸的な」の「プロレタリア文芸」（昭二・五「改造」）に、「プロレタリア文芸」とは何かと問い、「プロレタリア文明の中に花を開いた文芸」―「プロレタリアの為に闘ふ文芸」―「コムミユニズムやアナアキズムの主義を持つてゐないにもせよ、プロレタリア的魂を根柢にした文芸」と三段階の理解を示している。すでに没後発表となった終章「文芸上の極北」（昭二・八「改造」）では、文芸あるいは芸術の「恐しい魅力」―「去勢する力」を指摘し、ハイネの「ドイツ・ロマン主義運動」の一節を例に「あらゆる芸術は芸術的になるほど、僕等の情熱（実行的な）を静まらせてしまふ。この力の支配を受けたが最後、容易にマルスの子になることは出来ない。」と記し、さらに「プロレタリアの戦士諸君の芸術を武器に選んでゐる」ことに、「ハイネの無言の呻吟」をなぞらえつつ、

「僕はこの武器の力を僕の全身に感じてゐる。従つて諸君のこの武器を揮ふのも人ごとのやうには眺めてゐない。就中僕の尊敬してゐる一人はかう云ふ芸術の去勢力を忘れずにこの武器を揮つて貰ひたいと思つてゐた。が、それは仕合せにも僕の期待通りになつたやうである。」

と記している。「諸君」とは、堀を除いてほとんどが左傾した「驢馬」の同人たちをさしており、「尊敬してゐる一人」とは、中野をさしている。しかしまた、「芸術の去勢力」の大きさの中で、「文芸の極北はハイネの言つたやうに古代の石人と変りはない。たとひ微笑は含んでゐても、いつも唯冷然として静かである。」と結んで最終の立場を暗示しているのである。芥川の社会主義、ひいては新世代への応答、相対化の眼は、しかと認知されなければならない。中野の卒業論

文は「ハインリッヒ・ハイネ」であり、ハイネを社会革命への情熱から読み解いた中野とハイネの恋愛革命への情熱から愛好した堀との対照（コントラ）は、二人のアンデルセン受容の対照とともに興味のあるところだが、それについては稿を改める。

それは、「続文芸的な、余りに文芸的な」の「コクトオの言葉」（昭二・七「文芸春秋」）にも、「『芸術は科学の肉化したものである』と云ふコクトオの言葉は中つてゐる。」としつつ、「芸術はおのづから血肉の中に科学を具へてゐる筈である。いろいろの科学者は芸術の中から彼等の科学を見つけるのに過ぎない。」とし、「僕はこのコクトオの言葉の新時代の芸術家たちに方向を錯らせることを惧れてゐる。」と記す新時代の芸術家、ひいては堀への忠告にも認められる。かつての芥川の堀宛書簡の「そのハイカラなものと言ふのが写生的なものの反対ならばやはりどんなに苦しくつてもハイカラなものを書くよりも写生的なものを書くべきだと思ふ。」（大一四・七・二一付）の忠告の延長である。

(3)　芥川の没後

さて、これ以降は芥川龍之介の遺稿である。それらは読みようによっては、晩年の芥川が最も期待をかけた堀辰雄と中野重治への遺言に満ち満ちている。その読み解きは、すでに当の二人によって果たされており、その後二人の樹立した昭和文学がその答えだったわけである。

堀については、『歯車』（昭二・一〇「文芸春秋」）の「夜」の夢に現れる「H」という大学生への親近感。『或阿呆の一生』（昭二・一〇「改造」）の「越し人」の一節は、堀への自己の恋愛の継承のうながしと受け取られたのである。現実に引きつがれた恋愛は当面『聖家族』（昭五・一一「改造」）として結実してゆく。

中野については、同じく『或阿呆の一生』の「英雄」に、次の詩が掲げられている。

——誰よりも十戒を守つた君は
誰よりも十戒を破つた君だ。

誰よりも民衆を愛した君は
誰よりも民衆を軽蔑した君だ。

誰よりも理想に燃え上つた君は
誰よりも現実を知つてゐた君だ。

君は僕等の東洋が生んだ
草花の匂のする電気機関車だ。——

「君」とはレーニンをさしており、レーニンを、自らのために偶像を造ったものとして「誰よりも十戒を破つた」とし、その革命遂行のための民衆の扱いをして「誰よりも民衆を軽蔑した」と相対化した芥川の怜悧は、見逃せない。「電気機関車」についても、「機関車を見ながら」（昭二・九「サンデー毎日」）に「一時代の一国の社会や我々の祖先はそれ等の機関車にどの位歯どめをかけるであらう？　わたしはそこに歯どめを感じると共にエンヂンを――石炭を、――燃え上る火を感じないわけにも行かないのである。」と書き、「我々はいづれも機関車である。我々の仕事は空の中に煙や火花を投げあげる外はない。（中略）宗教家、芸術家、社会運動家、――あらゆる機関車は彼等の軌道により、必然にどこかへ突進しなければならぬ。」と記している。意思するものの運命の必然を恐懼をもって見つめている。それは、中野の「驢馬」第五号（大一五・九）の次の「機関車」と総題されてあの「お前は歌ふな」の「歌」などと一緒に発表された「機関車」から受けたインパクトへの、答えだったのではないか。

彼は巨大な図体を持ち
黒い千貫の重量を持つ

（中略）

輝く軌道の上を
全き統制のうちに馳けて行くもの
その律気者の大男の後姿に
われら今熱い手をあげる

芥川の社会主義は、最終的にどこに行き着いたか。それは、「驢馬」終刊号（昭三・二）の巻頭に掲げられた芥川の「僕の瑞威《スキッツル》から（遺稿）」の「信条」の、

娑婆苦を最小にしたいものは
アナアキストの爆弾を投げろ。

娑婆苦を娑婆苦だけにしたいものは
コンミユニストの棍棒をふりまはせ。

娑婆苦をすつかり失ひたいものは
ピストルで頭を撃ち抜いてしまへ。

という詩に結果したものといえようか。結果した芥川の自殺は、「娑婆苦をすつかり失ひたい」願いの実行といおうか。ここにもアナーキズムとコミュニズムが相対していることに注意がいる。決してアナーキズムをコミュニズムの下位には置いていない。さらにこの遺稿には、「レニン第三」として、先の「英雄」の詩が掲げられており、さらに、「手」と題して、「ブルジョアは白い手に／プロレタリアは赤い手に／どちらも棍棒を握り給へ。」と記し、「ではお前はどちらにする？」と問い、

僕か？　僕は赤い手をしてゐる。
しかし僕はその外にも一本の手を見つめてゐる、
——あの遠国に餓ゑ死したドストエフスキイの子供の手を。

註　ドストエフスキイの遺族は餓死せり。

と、プロレタリアの赤い手を支持している。しかしその眼はもう一本のドストエフスキイの遺児の手を見つめているのである。また、「立ち見」と題して、「ああ、わが若いプロレタリアの一人も／やはり歌舞伎座の立ち見をしてゐる！」と、プロレタリアに江戸伝来の庶民の享楽を重ねているといいえようか。ここには、コミュニズムへのシニシズムがある。シニシズムの向こうに芥川の優情を思うべきであろう。

(4)　芥川の超克

芥川龍之介の自殺、自殺した芥川をどう解くか、あるいはどう越えるか、それは日本の現代文学をどう読みどう生きるかにかかわる重大事である。当面する堀辰雄と中野重治においてのそれは、追々考察してゆくが、直後の小林秀雄の「芥川龍之介の美神と宿命」（昭二・九「大調和」）、萩原朔太郎の「芥川龍之介の死」（昭二・九「改造」）「断橋の嘆」（昭二・九「文芸公論」）などについて、既に考察した。

中野は直後、「芥川氏のことなど」（昭二・八「文芸公論」）で、本格的に対応した。そこで、「芥川氏が亡くなつたとき、菅《すが》氏が僕に何か書けと言つた。僕は承知した。しかし締切日になつても何も書けないので堀辰雄に電報を打つて断わつてもらつた。あとで堀辰雄にきくと彼はそれを菅氏に伝えなかつたそうだ。そして彼は『なに、いいんだ。』と言つていた。」と切り出し、「この自殺した文人と僕は一度だけ話したことがある。今年の六月ごろ、氏は人を介して、話をしたいから都合のいい時間と場所とを指定せよと言つてきた。」と芥川家訪問の状況を書いた上、「僕は朝七時ごろ或る街を歩いていてはじめて氏の自殺を知つた。いくつかの新聞を買つて電車に乗つたが眼《ま》ぶた裏の熱くなるのを覚えた。僕は自殺した氏をたいそうかわいそうに思つた。いまでも思つている。」と「かわいそう」という憐憫でとらえ、あの著名な裁断に至る。

「戦闘的唯物論による資本主義の奴僕《ぬぼく》としての実証主義の絞殺がはじめて透谷をよみがえらすだろう。いくらかの人は自殺した芥川龍之介を自殺した北村透谷に比較した。この比較の当否は問題でない。ただ敗れた芥川龍之介の部分が継がれるとすれば、それは敗れた北村透谷が継がれるのと同じ意味においてでに違いない。」

ここに、中野における日本近代の二葉亭、独歩―北村透谷―石川啄木に結ぶ路線からの、芥川、さらには萩原の裁断がうかがえる。ここに思想に立つものとしての自信がある。芥川の自殺自体への憐憫ではない。思想の上位に立つものとしての、「資本主義の奴僕としての実証主義」の宿命とみての芥川文学の帰結への憐憫である。ここにさらに、地方（福井）の農本主義の強さの生理まで私は感得するのだが。中野は、「芸術に関する走り書的覚え書」（昭二・一〇「プロレタリア芸術」）への道をひた走る。思想への自負においてであり、と同時にプロレタリア文学の側における「驢馬」から出たもの、ひいては室生と芥川に支持されたものとしての貴族的な自負においてであった。

一方堀の受けた衝撃は、あまりに大きかった。自己の死に危機すら直結していたのである。だから追悼文はない。葛巻義敏らと全集編集にたずさわる作業で自己を支えていた。それが最初の商業文芸誌の文となる「文芸春秋」の「『芥川龍之介全集』を編纂しながら」（昭二・一二「文芸春秋」）に、「僕等は彼の遺志によつて、『妖婆』及び『死後』の二篇は全集に収録しないことにした。」とか、「これらのことによつて、彼が『一塊の土』を彼の自作として愧ぢなかつた事は、僕等の確信をもつて言ひ得るところである。」とか、「しかし、それらの作品を小説として扱ふことを欲するものは小説として扱つてもいいのだ。厳密な意味で、作品の分類などと言ふことは誰に出来るだらう。」とか、「別冊に納められるところの彼の未完成の戯曲を読む人々は、彼が戯曲といふ芸術形式に対していかに強い憧憬を抱いてゐたかを知るであらう。」とか、「それがすぐれたものであつたのに、彼が発表するのを欲しなかつた多くの彼の詩は、勿論、この全集においてははじめて発表されるのである。」といった、編集従事の報告があるのである。その病気がちな一年をほとんど棒に振ってのち、堀は昭和四年、病気から蘇った。

同じく芥川について触れることを自らに禁じた室生犀星は、芥川の分も引き受けて、堀の属する二誌について「文芸時評」（昭三・四「新潮」）で次のように記した。

「『山繭』の美しさは同人雑誌の美しさであり、作者だちの清潔さは文壇の埃を浴びてゐない清潔さがある。」「『驢馬』から中野重治、窪川鶴次郎、西沢隆二の三氏をプロレタリヤの分野に出し、堀辰雄、宮木喜久雄の二氏は重に詩と小説に進んでゐる。最近斯様な同人雑誌中で粒の揃つた出陣を見たことは珍らしい。二月号「驢馬」の堀氏の「即興」は軽快な写実を気持の上に趁ふた新しい様式文学を起してゐる。此種の作品は作者の頭次第で進みもし又退歩もする危険さの含まれてゐるものである。宮木喜久雄氏の描法の確実さは、『驢馬』中異色のあるものだらう。」

ここは、文芸界への「山繭」「驢馬」の推奨である。そうしてこの時、そのときすでに「驢馬」の時代は、ほぼ終わろうとしていた。最終号に中野の作品はない。つまり、丁度「文芸時代」が終わって新感覚派の横光利一、川端康成らがそれぞれの道に入ったように。以後堀はいよいよモダニズムの実践に、中野は果敢にプロレタリアの闘争の道に進む。

四、「驢馬」以後――様々な批評

(1) 昭和三年―室生犀星からの評価

以下、「驢馬」終刊となる昭和三年五月から昭和五年十二月までを扱う。「驢馬」以後の「驢馬」同人の活動への批評も、その室生犀星によって切り開かれている。今や芥川龍之介も室生によって奉じられるのである。室生は以後多くの文学者の死を抱きつつ生き続ける。新人発掘の川端康成とともに、室生は昭和文学の魂の主宰者だった。

昭和三年一月の肋膜炎を患い死に瀕して四月まで休学、その後も療養しつつ暗澹たる時を過ごしていた堀辰雄に対して、全き活動期に入った観のある中野重治を、まず室生は文壇に送り込む。「文芸時評」（昭三・六「新潮」）で、「『戦旗』による作家」として西沢隆二の『街』を取り上げ、「文芸時評」（昭三・九「文芸春秋」）で宇野千代とともに窪川いね子の『彼女等の会話』（「戦旗」）や

『キヤラメル工場から』（「プロレタリア芸術」）を評価し、堀宛書簡（昭三・八・三付）に、「戦旗がこちらにないのでお願ひした、中野の小説が見たく電報で気の毒だが」と書き送って、「中野重治氏の『春さきの風』を評す」（昭三・八・一七、一八「読売新聞」）を書いて、「我々は此の好短編のなかに凡ゆるプロレタリアの美を痛々しく感じ、その美を自分の頭に入れる為の烈しい好感をさへも覚えた位である。」と絶賛し、さらに「文芸時評」（昭三・一〇「文芸春秋」）に「『春さきの風』中野重治氏」と小題して、いわゆる三・一五共産党検挙事件の逮捕と留置所の描出にふれつつ、「自分は初めてプロレタリア風の真実ある作に接し、その臭味から抜け上つて垢を見せない、スツキリした作品を全く間霊的に感じた。低迷と際物の間にうろつく作家の中に中野氏を見出したことは、恐らく以後に於ける彼の図抜けた大きさを見ることを予約させるものであらう。」と結んである。これは、中野の未来への祝福でさえあったといえる。それに応えたのが、中野の「素樸ということ」（昭三・一〇「新潮」）であって、「僕は世のなかで素樸《そぼく》というものが一番いいものだと思つている。」と記し、「中身がつまつているということ」と「制作をどこまでたたきあげるか」を問う姿勢は、文壇に新鮮な刺激を与えることとなった。中野という骨太な文学する身体がここにあらわれたのである。

そして、年が明けた昭和四年、室生、再生した堀の押し出しに早速く向かう。それが「時事新報」の「文芸雑筆」（昭四・一・二四）の「描写上の速度」であった。これは堀文学にとって受けた批評のほぼ最初の画期であったといえる。

「深刻な人生や性格心理の所産ではないが、又さういふ意味では此作品は非難される隙間を持つてゐるものであるが、併しその描写には自然主義文学から全然隔離された、別種の神経感覚から作為されたものであることに注意せねばならぬ。感覚が起る心理の速度、速度の新しい飛躍は此作家がなまなかの作家でないことを証明してゐる。横光君以後の作家であり或意味で横光君よりも素晴らしい新時代の光線を浴びてゐるものかも知れぬ。その速度は最も正確に新しい描写表現をもたらしてゐることも、評家は単純な卒読を以て見遁してはならぬ。唯そのハイカラさがどれだけ堀君のものになりきり、可也に厳格に鍛へあげられるものだかは、今のところ明瞭ではない。彼は此のハイカラさと明快さとを、彼自身のものにしてゐる点で、同時に此の新しい暗示に富んだ新時代へ交渉を為し遂げてゐるところに、堀君の作の根本があり単なる新人である以外にも時代的な動きを注意せずには居られぬ。何よりも明眉なる速度を、又何より過去文壇の垢や埃を浴てゐないところを、何よりも鮮かに印されるところの接触的快感を思はずにゐられぬ。」

つい評言の魅力に惹かれて、長い引用になった。堀の初めて一流文芸誌に載った小説、冒頭「カフエ・シヤノアルは客で一ぱいだ。」に始まる『不器用な天使』(昭四・二「文芸春秋」)は、この評言を得て、名実ともに文壇の登竜門をくぐった処女作となった。そこに、芥川の堀宛書簡の「どんなに苦しくつてもハイカラなものを書くよりも写生的なものを書くべきだと思ふ。」の忠告が再生し、「僕の友だち二三人」の「年少の作家たちは明日にも続々と文壇に現れるであらう。が、堀君もかう云ふ作家たちの中にいつか誰も真似手のない一人となつて出ることは確か」とする確信の確認がある。先の、冒頭「三月十五日につかまつた人々のなかに一人の赤ん坊がいた。」に始まる『春さきの風』が、室生の評言に推されつつ中野の処女作となったのと同様に。

(2) 昭和四年―川端康成からの評価

翌昭和四年は、室生犀星からの二人への批評を川端康成が引き継いだ年として注目できる。

堀辰雄は「創作月刊」の一月号の「推奨する新人」で、「中野重治・吉村鉄太郎」を挙げ、また自らも巻末の「昭和四年度文士録」に登場する。事実、川端は「昭和三年と四年」（昭四・二「文芸春秋」）で、「プロレタリア大衆文芸の問題は、中野重治氏対蔵原惟人氏及び林房雄氏の活発な論争となり、（中略）遂に中野氏の『解決された問題と新しき仕事』（戦旗第七号）に至つて、（中略）この大衆化の問題は、中野重治氏の云ふ如く、『主として形式の探求に懸つて来るのであらうが』」と中野を認知する。「雨の降る品川駅」（昭四・二「改造」）、『鉄の話』（昭四・三「戦旗」）、『わかもの』（昭四・九「戦旗」）を発表し、九月に処女評論集『芸術に関する走り書的覚え書』を改造社から刊行する中野である。そうした中野を川端は、「六月創作評」（昭四・六「時事新報」）でも、「中野重治氏の『停車場』（近代生活）――これは長い作品の一挿話であるらしいが、朗かな詩情の風が感じられた。」とし、「文芸時評」（昭四・七「文芸春秋」）では、「中野重治氏の作品や岩藤雪夫氏の作品は、その芸術的にも傑れてゐる点が、奇妙なことながら私に意外の感を抱かせる。」と評し、「文芸時評」（昭四・一〇「文芸春秋」）で、「中野重治氏の『わかもの』（戦旗）を読んで――中野氏が『左翼的特別扱ひ』をして読まなくてもいい、文章を書き得る、傑れた詩人であることを云はうと思つて、ことのついでに、右の一くさりを書いてしまつた。」と前置きして『わかもの』と論じ、その芸術性の認証を与えることとなる。

一方、堀は、中野に後続しながらも、『不器用な天使』に続いて、三月、卒論「芥川龍之介論」で東大を出、四月、厚生閣の「現代の芸術と批評叢書」の第一冊『コクトオ抄』を出版、「詩と詩論」の中心メンバーに加わりつつ、「驢馬」の継続としてのアポリネール、コクトー、ジャコブ、スーポーなどの翻訳やエッセイを書き、十月には、犬養健、川端康成、横光利一と永井龍男、深田久弥、吉村鉄太郎と七人で「文学」を創刊するのである。その仕掛人は堀だった。巻頭に堀の『眠つてゐる男』を掲載し、佐藤春夫、小林秀雄らとともに中野からも「二九年版日本プロレタリア詩集」を寄稿させている。堀はここに新感覚派の後継としてのモダニズム運動の旗手であることを決定的にした、といえる。

そうした堀を川端が認知していった経過は、すでに論じたところである。「文芸時評―堀氏の『不器用な天使』」（昭四・四「文芸春秋」）で川端は、先の室生の「描写上の速度」に鋭く反応し、その速度絶賛を懐疑しつつも正対して論じた上で、堀の「小説家としての肉体的健康の不足」「若々しい誤算」を析出した。これは堀が生涯初めて出合った手厳しくも本格的な批評であった。こうしたなかで堀は、「文学」創刊に川端、横光らを巻き込み、代表して「文学の正当な方向を」（昭四・九・七、八「読売新聞」）のアピールを掲げる。

「今日くらゐ文学上の左翼と政治上の左翼とが混同されてゐる時代はあるまい。左翼政党の機関誌が、私達には甚だ右翼としか思はれない作品のみを擁護してゐるのは、やむを得ないことなのであらうが、私達には残念だ。」

と。それが、川端からの第二の批評「文芸張雑」（昭四・一〇「近代生活」）の「文学上の左翼」を引き出すことになる。

「だが、『政治上の左翼』と『文芸上の左翼』とを混同し過ぎてゐるとの説——つまり堀氏が二つを分けて考へてゐるといふことは、私の胸をどんと叩いてくれた。」

もはや堀は、芥川からも室生からも自立した文壇の人であった。川端は、昭和五年版『新文芸日記』（昭四・一二）の「小説界の一年」に、「新人では、中本たか子氏が、野心的な作品を続々発表した。それから井伏鱒二氏の古い新しさ、久野豊彦氏、堀辰雄氏の新しい新しさは、最も注目すべきであつた。」と記し、他方、

「プロレタリア作家の側で（中略）新人では、武田麟太郎氏、藤沢桓夫氏、中野重治氏等が、よき文体を示した。」

と括っている。

(3)　昭和五年—モダニズム文学とプロレタリア文学の旗手

昭和五年の開始に、堀は「僕一個の見地から」（昭五・一「文学時評」）で自作『眠つてゐる男』に対する誤解を解きつつ、「略歴——一九〇四年十一月東京に生る。少年の頃より室生犀星に師事す。後芥川龍之介を知る。関係せる同人雑誌多し。中野重治らとの『驢馬』、永井龍男らとの

『山繭』及び吉村鉄太郎らとの『虹』などあり。去年大学を卒業す。『コクトオ抄』の訳著あり。現在『文学』同人。『詩と詩論』にも関係す。現住所、本所区新小梅町二ノ一。」と付した。文壇登記である。そんな堀は文壇の批評にさらされるわけで、なかに片岡鉄兵の「少し大きな声で」の「化かしの技術」（昭四・一〇・二〇・二一「東京朝日新聞」）の批判があった。これに対し、川端が、「『化かしと技術』に就て」（昭五・一「新潮」）で、「『化かしと技術』とは、片岡鉄兵氏が堀辰雄氏の作品『眠つてゐる男』を批評する場合に用ゐた言葉である。片岡氏はマルクス主義的批評家であり、『眠つてゐる男』はいはゆる芸術派の作品である。――これだけの予備知識さへあれば、『化かしと技術』といふ言葉の意味は、私の紹介をまつまでもなく、諸君に既に明らかであらう。」と弁護し、「プロレタリア派の作品が拙劣であるとは思つてゐないのだ。かくいふ片岡鉄兵氏をはじめ、葉山嘉樹氏、林房雄氏、徳永直氏、窪川いね子氏、中野重治氏、武田麟太郎氏、藤沢桓夫氏などぞ」と付記している。しかし片岡の「ブルジョア文学の技術は、あまりにも『夢幻的』であり『超現実』である」という評は当っている。そうした川端の弁護をうけつつ、堀は、「芸術のための芸術について」（昭五・二「新潮」）に「芸術上の左翼」を構えて、「芸術上のプログラムと政治上のプログラムとを取り換へてはならない。それはさきに中野重治によつて彼の論文（『いはゆる芸術の大衆化論の誤りについて』等の）において再三注意されたことである。」と自説に引き込んで、「芸術を変化させるものは芸術そのものの中における革命の他のものではない。」として、「僕らの欲するものは、現在の僕らの作品を一遍に時代遅れにしてしまふやうな、一箇の傑作でしかない。それを僕らの中の誰かが、横光利一が、小林秀雄が、宗瑛が、永井龍男が、それとも僕自身が書くか、或ひはまた、それを中野重治が、武田麟太郎が、藤沢桓夫が書くか、それについての予想は第三者に一任する。」

と、モダニズムとプロレタリア派を共通の評価場にすえている。堀と中野に共通する芸術という場である。そうした堀の姿勢は、深田久弥の「――僕の中には幾人もの僕が居て……スタンダアル」と題辞された「四月創作月評会」(昭五・五「作品」)という独演批評にも共通している。深田は、「中央公論」「改造」「新潮」「文芸春秋」の四誌を評した後、

「L。川端康成氏の『花ある写真』(文学時代)僕のある友達が『神秘的な小説だね、あれが超現実主義といふのかい』と評したが、僕にしてみれば何も神秘的ではない。ばかりか切実の小説だ。」

「F。堀辰雄氏も仲々いい写真機を持つてゐるよ。うつした写真を一枚見せやう。『風景』(文学)。」

「P。僕は中野重治氏の『病気なほる』(文学時代)を推賞する。気味のいい小説ぢやないか。プロ小説に出てくる女性と云へば極つてモダンガアルの成り損ねみたいな女だが、おちかばゞあ(といつても二十の若い女だが)なんて、何と胸のすく女だらう。おちかばゞあの亭主は深田君だが、いや実際僕もおちかばゞあみたいなキリツとしたやつがほしいね。」

「A。上林暁の『敗れて敗れた男』(風車)もいいよ。」

と、展開する。ここにモダニズム、プロレタリア、私小説的リアリズムが芸術文学の共通の評価場におかれている。もはや堀も中野も文学界の先頭を走っていた。武田麟太郎の「嘘と真実―新進作家総批評―」（昭五・六「改造」）の中では、堀について、

「古いモノサシで、しかしマジメに真実をさぐらうとし、しかしこの発展に発展をかさねた資本主義の現実にはどうもうまく行かないので、ゴマカスよりはと、小さく一個の点だけに丹念になつてゐる作家に堀辰雄があげられるだらう。（中略）たしかに、彼は一点に凝固する。そいつは動かない。動く世界と人間のうちのある部分を固定化させて、彼はコツコツと計算する。だから方法としてはマチガツてゐるが、時に抽象には成功することがある。」

と、時代のベクトルのなかで見事に相対化されている。また、中野については、

「人間を子細に描き、浮きあがらせる作家は中野重治だ。彼の人間にはみな親しさを持つことができる。人間の臭ひを持つ。彼は個をかなりその背景と共に描き得る。しかし、つねに背景として止つてゐる『春さきの風』や『砂糖の話』や『停車場』など。彼には立体的な、集団的な手法がかけ、その代り、いけないものを持つてゐる。何故、彼は封建時代の名人みたいなやり方をするのだらう。最近に、名人なんて言葉は存在してゐない。しかし、彼の芸は至つてこまかいのである。必要なことを選択しないのである。些末にこだはる。時々、ぼくは彼の文学に貴族趣味をかんじてビツクリする。」

と、これまた、中野の本質にある反プロレタリア性＝貴族性を見事に看破しているのである。

こうした文壇の土俵のなかで、堀は、「川端康成」（昭五・一「新潮」）、「室生さんの小説と詩」（昭五・四「新潮」）を書き、川端から「新人才華―堀辰雄氏の作品」（昭五・六「新潮」）との認定を受ける。七月、新鋭文学叢書として改造社から処女作品集『不器用な天使』の刊行、出世作『聖家族』（昭五・一一の「改造」）の発表に至る。中野も、六月日本プロレタリア作家叢書として処女作品集『鉄の話』が戦旗社から、十一月新鋭文学叢書として『夜明け前のさよなら』が出る。二人はまさにプロレタリア文学とモダニズム文学の旗手＝貴種となったのである。

そうしたなかで堀は、「中野重治と僕」（昭五・七「詩神」）を書く。かつての芥川や室生のように、

「それからもう数年になるのである。ある日のこと、僕が田端の室生さんのところへ行つたら、室生さんは『昨日は面白い男がきたよ』と云つた。その男は自分は五十位になつたらいい抒情詩が書けさうだと云つてゐたさうだ。そしてたいへん酒が好きで、そのためかどうか知らないが、動坂の酒屋に間借してゐた。」

と小説風に書き出し、

「それはすばらしい抒情詩だつた。ことに『波』とか『豪傑』などの諸篇は、僕等の愛誦措くあたはざるものだつた。丁度その時分彼の好きだつた女のひとがアメリカに行つてゐて、そのひとについて彼は『私とお前とは逆様に立つてゐるのだ』などと書いたりしてゐたものだ。」「僕が中野と始めて会つたのは、こんど僕等で同人雑誌をやらうといふので、その頃田端の或る二階に

間借してゐた宮本喜久雄のところへ、みんなで落ち合つた時だつた。」「雑誌の題は、とうとう『驢馬』といふのに決つた。これは僕がつけた名だつた。」「その頃（もちろん今でも変りはないが）みんなはひどく貧乏してゐたし、それにみんな揃つてあの不幸な動物を歌つたジヤムの詩が好きだつたりしてゐたからであつたらう。」

と綴って、最後に、「歌」の「お前は歌ふな／お前は赤ままの花やとんぼの羽を歌ふな」を引きつつ、

「この一行がふしぎに僕等の心をとらへるのは、この中で彼が赤ままの花やとんぼの羽根を歌ふことをしなかつたからではなく、むしろ赤ままの花やとんぼの羽根を彼らしく歌つてゐるからではないか。これはほんの一例にすぎないが、僕はさういふところに中野の詩人としての悩みがあるのだらうと思つてゐる。」

と結んでいる。まことに鋭い理解と愛に満ちた批評である。中野のなかの本質的な悩み（矛盾）が中野の文学を保証していることを看破している。

中野の堀宛書簡はかなり残っているが、昭和五年十月六日付の「野方町新井より、豊多摩刑務所発信、後付け九月十九日」がある。その「君が僕にウナギを食はせまた多少のビールを飲ませたのは去年の夏だつたと思ふ。」と記し、「君の新しい作品集が出たら送つて呉れ給へ（その時は一応女房に言って下さい。）。君の方のは差支ないと思ふ。新刊月報を見るといはゆる新興芸術派と称するものも一向はへないやうだね。勿論僕は君をあの一握りのディレッタントの中に、たとへ

王座にであるにしろ、入れてゐるものではない。僕は君の肉体の益々頑健になり、大いに小説を書いてくれることを待つてゐる。」と記す愛情は、中野の「室生さんへの返事」（昭五・一二「文芸」）の、「私はやはりえらい人のあいだに住みたいと思います。『驢馬』の会はぜひやりましょう。」に見る信頼とともに、「驢馬」という雑誌を成立させた現代日本文学の〈ヴイ〉の一神話を見事にあらわしている、といってよい。

一九三〇、四〇年代・二つの道

五、一九三〇年代――入院、入獄を挟む文学

二つの道がどこまでも続いている。魂きわるいのちの、現代日本文学の、敗戦、戦後へと続く海路に水脈を曳いて……

一九二〇年代の最終に当たる昭和五年という年、堀辰雄は、七月に改造社から新鋭文学叢書として処女作品集『不器用な天使』を刊行し、十一月には出世作『聖家族』を「改造」に発表した。また、中野重治は、六月に戦旗社の日本プロレタリア作家叢書として処女作品集『鉄の話』を刊行し、十一月には堀と同様新鋭文学叢書として『夜明け前のさよなら』を刊行している。ここにおいて二人は、まさに日本におけるモダニズム文学とプロレタリア文学の旗手として認知されたといえる。だがしかし、この年中野は、五月から十二月末の保釈出所まで身の自由はなかったのだし、堀も、『聖家族』脱稿後ひどい喀血をし自宅療養のなか、翌六年、一九三〇年代の最初に当たるこの年四月から六月富士見高原療養所に入院し、退院後も安静の日を送ることになる。堀における肺結核と入院、中野における社会運動と入獄は、文学活動を一時的に中断させるものとして同位の関係にあったといえる。しかも二人にとって、肺結核も社会運動もその文学形成の必

要条件のようなものだった。これら以前にも、堀は、昭和三年を肺結核の前兆である肋膜炎のために無為にすごしたし、以後もまた、昭和十年七月から十二月婚約者矢野綾子に付き添い自身の療養を兼ねて再び富士見高原療養所に入院している。だから、療養や入院の合間に堀の文学創作活動が行われたといって過言でない。一方中野もまた、これら以前に、昭和三年二月と三月に逮捕検束に遭い、さらに以後もまた、昭和七年から九年の転向による出所まで豊多摩刑務所の獄中にあったのである。以後の中野の社会運動家としての官憲による保護観察下は、堀の肺結核についての保護観察下と同位に考えることもできる。

だから、この昭和六年という年の一月、二人の共通の師室生犀星が「松こぬれ」と題して、次のような詩作を提出したのは時代史的出来事だったといえる。

　　堀辰雄に

おほ川の、
きしべにやどる浮寝鳥、
羽ばたくを聴き
眠ざむるらむか。

　　途　上

やちまたに
酒をあふりつ途すがら

中野重治を
おもはざらめや。
　文がら
芥川きよきながれの文《ふ》がらもて
屏風をつくり
冬をこもらむ。

堀を思いやる。大川、つまり隅田川の吾妻橋付近下流の岸辺に宿る頼りない浮寝鳥のように自己の存在の羽ばたきを聴きつつ眠りがたく眼覚めがちな日を送っているのだろうかと。「僕の骨にとまつてゐる／小鳥よ　肺結核よ／おまへが嘴で突くから／僕の咳には血がまじる／おまへが羽ばたくと／僕は咳をする」かと。また、巷で酒をあおりながら、中野を、つまり幾度も逮捕されながら困難な社会運動に邁進している中野をどうして思わないでいられようかと。さらに、自分と同様にこの二人（の才能）を愛した畏友芥川は今はいない。その清き清流のような文穀でもって屏風をつくり冬ごもりをしよう、芥川が死者の国に籠っているように、そう思いを馳せているといえる。つまり、室生にそのように思念されるものとして、二人は、一九三〇年代を出発させていたといえる。室生はさらに、「窪川いね子」（昭六・三）を書き、中野、堀、窪川鶴次郎のかかわりに触れつつ、窪川と稲子に子供が生れ「中野重治君が名づけ親になつて建造といふ名前をつけました」とか、座談の紛れに中野が窪川に「窪川いね子はきれいになつたなあ。」と言ったとか、

「女流で僕の懇意に願つてゐるのはもう一人宗瑛さんであるが、宗瑛さんは若いのに落着き払つていね子さんとよい対称をしてゐる。いね子さんは俠客風で宗瑛さんは旗本風、そしていね子さんはどこまでも現実派であるに、宗瑛さんは西洋人の書いた小説のやうな変つたものを書いてゐる。」と記している。窪川は、中野と金沢の四高以来の親友であり、中野の佐多（窪川）稲子への敬愛に異性愛が微妙に含まれていることを犀星は、感得していたと思われる。同じく堀が結婚後の稲子を援助して向島の家でフランス語を教えたとか様々な稲子自身の証言に見える堀にも、同様の思いをうかがっていたと推察できる。堀の『聖家族』の絹子のモデルが宗瑛であること、つまり片山広子の娘総子であることも承知の上の二女性についての比較論であった。

さて、この六年は中野にとって、めずらしく政治的弾圧があったとしても逮捕のない旺盛に活動ができた年だった。日本プロレタリア作家同盟（ナルプ）の中央委員、日本共産党入党、『中野重治詩集』（製本中に押収され発売禁止）の成立、ナップ解散後の日本プロレタリア文化聯盟（コップ）中央協議員、など慌ただしい社会活動の中心にあった。対してこの年の堀の文学活動は、三月「本所」を「時事新報」に連載した後、入院し、退院後の十二月『恢復期』『あひびき』を発表するにとどまっている。しかし、病床で集中的に読んだプルースト受容によって、アヴァン・ギャルド、エスプリ・ヌーボーを脱却しての意識の流れの新心理主義の展開によって、文学の生活化を手に入れることになる。それは一つの芸術的転換であった。時あたかもその九月満州事変が勃発し、昭和二十年の敗戦までの所謂十五年戦争が開始された年である。そうしたなかで、中野の三月一日付堀宛書簡に「一月ばかり前に室生さんを訪ねた時、二人で君を訪ねようとしたが、僕に時間がなくてはたせなかつた。そのうち借りた本を持つて一度行きたい。ひさしぶりに小説をかきかけてゐるが、いやはや持てあましてゐる。」とあり、堀辰雄の「病床雑記」（昭六・一一・三〇）に「僕と同時代の作家にありてもつとも文章のうまい人は中野重治君なるべし。中野君がその文体のみならず、その芸術観をも茂吉氏に多く学びたることは、彼の『素樸について』等の好論文を此の『童馬漫語』と併せて読まば明瞭たり。」とあって、友情は相照応する。

翌昭和七年から十年の堀はどうであったか。十年七月許婚者矢野綾子に付き添って富士見高原療養所に入院するまでの堀は、時折発熱に苦しみながらも文学活動は大いに盛んだったといえる。七年と八年「文芸春秋」新春一号に『燃ゆる頬』と『顔』を掲げ、七年二月『聖家族』を刊行、八月「プルウスト雑記」を「新潮」「椎の木」「作品」に分載、九月『麦藁帽子』を発表、八年には二月『ルウベンスの偽画』を刊行、五月第一次「四季」を創刊、六月「山からの手紙」（後「序曲」）からの『美しい村』連作を各誌に発表、十二月には『麦藁帽子』が刊行されている。九年も同様に、四月『美しい村』刊行、十月第二次「四季」創刊してリルケ受容を世に示し、十一月『物語の女』を刊行している。しかし十年に入ると、六月「四季」に日本最初の「リルケ特集号」を編集執筆するが、七月自らの思わしくない病状を抱えつつ矢野綾子に付き添って富士見高原療養所に入院、十二月綾子を亡っている。作品の僅少の年であった。

一方の中野はどうであったか。昭和七年、前年に続く旺盛な活動のなか四月『村のあらましの話』を「中央公論」に発表するも未完のまま突然の逮捕、獄中生活は九年五月のいわゆる転向しての出所まで続き、刑務所暮らしとなってその間作品は途絶する。

しかし、その七年から九年にも、堀と中野の友情、室生の二人への敬愛は持続している。犀星は七年三月の「詩人系小説家」で堀や北川冬彦、伊藤整らとともに中野をとりあげ、四月の「新潮」の「交友録より」では、堀を「自分で半分物を言ひ対手にあとを言はせるやうな、徳のある、好意をもたれる人。」とし、中野を「殆ど、中野は仕事の方面のことを話したことがない、話したつて僕のやうな人間にはわからぬと思ふのであらう。平凡な茶話、少しも気障でない人。」と対応させている。同誌に中野も「わが交友」を載せ、「この同人雑誌は、小ブルジョアの子弟の仕事で出来てゐた。堀辰雄、宮木喜久雄、平木二六、窪川鶴次郎、西沢隆二などがゐた。（中略）これらの人間は、作家同盟にはいつた後《のち》もしばらくは私生活上の『驢馬』的つながりを持つてゐた。」と「驢馬」の仲間を紹介している。しかしてその同月四日、中野逮捕となる。中野の九月十五日付堀宛書簡は、市外野方町新井三三六、つまり豊多摩刑務所から、「二日に原に面会の折詩集とアンデルゼン自伝との話をきいた。君の好意にあまえよろしく願ふやう彼女に伝へておいた」と始まり、「君には色々世話になるやうだ。この前もさうだつたが。いつだつたか君の所からの帰りに僕の頭へ君がシャツポをのせてくれたことなども思ひ出した。今日は雨だ。こゝもどうやら涼しくなつた。健康をいのる。」と閉じられていて、胸を打つ。「詩集」とは、製本中押収されてしまつた『中野重治詩集』のことだろうし、「アンデルゼン自伝」とは、かつて堀が「病床雑記」（昭五・一一・三〇）に「鷗外の『即興詩人』を読む。（中略）アンデルゼンが小説はこの外に中野重治の訳せし『DAS MAERCHEN MEINES LEBENS』を中途まで読みしことあり、鷗外の訳のごとくならねど、中野君の訳もまた独特なる美しさに富めるものなりき。されど彼がその訳業を中途にて放擲したるは惜しむべし。僕は今もなほ彼が自筆になれる訳稿をわが篋底に大事に保存せり。」と記した訳稿のことで、ともになんらかの発表の斡旋の申し出かと思われる。さらに同題の「狐の手套― 病床雑記」（昭八・四）にも、「僕は本箱から鷗外の『即興詩人』を引つぱり出して見た。（中略）アンデルゼンのものはこの外に中野重治の訳しかけた『わが一生のめえるへん』を読んだことがある。」と記し、「しかし彼がその訳を中途で放棄してしまつてゐるのは惜しい。その原稿はぼくがいま預つてあるが、誰かアンデルゼンと中野重治とを愛するものがあつてこの訳を続けてくれるといいと思ふ。」として、その一節（※筑摩版全集で十七行分）を掲載している。ただし、付記で中野の訳そのままでなく手を入れていること、中野の訳はまだ草稿のままでブランクなどがあり手持ちのドイツ訳によって訂正した旨を記している。あるいは中野の立場をおもんばかってこのような記述によって励ましたのかもしれない。書簡中の「アンデルゼン自伝」もこうした掲載への申し出だったかもしれない。即興的手法も、「著者の言葉」（昭九・四）の『暗い道』は印刷屋に原稿を渡して、校正の出るのを待つてゐる間にハイネの『帰郷』を読んでゐるうちに、急に書きたくなつて書いた。（尤もこれはその前の「夏」の中に書かうと思つてゐて書かずにしまつた挿話であるが……）――かう言つた、僕自身にすら思ひがけないやうな、即興的な詩作法は、世の批評家たちから叱られさうだが、詩人自身にとつては、かういふプリミチイヴな詩作に身を委ねることは、甚だ愉快である。」とあるやうに、堀の生涯の手法であった。先のハイネとともにアンデルセンは、その受容の在り方を対照的にしながら、中野との友情の媒体＝証しとなっていたといえる。

昭和九年五月二十六日、東京控訴院法廷で共産主義運動から身を引くことを約束し、懲役二年執行猶予五年の判決を受けて即日出所した中野には、獄中病舎にあった体力衰弱があり、また、転向による精神の苦痛があった。しかしその活動業績からみれば、全くうらはらに、旺盛な文学文化活動を展開したことがうかがえる。思想の理における苦痛とうらはらに、出獄が喜びであったことは自然の理であった。「プロ文学の動向を聴く座談会」「リアリズムに関する座談会」の出席は、八月「文学評論」、九月「文学界」に載る。九月『村の話』から翌十年五月『村の家』の間に、評論、小説が陸続し、十年には評論集『論議と小品』と『子供と花』が七月と十二月に刊行される。九月翻訳「アンデルゼン自伝—わが生涯のメエルヘン—」の連載開始、十二月『小説の書けぬ小説家』を書き翌月「改造」に、『中野重治詩集』もナウカ社から一部削除の形で刊行成って、先の書簡にみる堀の好意がことごとく実現したことになる。どこまでが堀の尽力であったか調べがついていないが。堀の「窪川稲子」（昭九・九）に「中野重治が、稲子さんの額《ひたひ》がとてもいいと讃めてゐました。たしか edel Stirn だとか何とか得意のドイツ語をふりまはしてゐました。」とあり、中野の「小さい回想」（昭九・一二）に、「『浪』の作者です。これが芥川君。」と紹介されてそのとき初めて芥川龍之介を見たこと、「たぶん二六年の春の終りごろに、同人の誰かが『芥川さんが君に会いたいそうだよ。』と言っていた。」と「驢馬」時代の回想は、室生と中野の往復書簡の「中野重治君におくる手紙」と「室生さんへの返事」（昭九・一二）と同一の精神的位相を示している。「君に会つたつていつも愚にもつかん国の魚や食ひものの話とか、窪川君や堀君に此の間逢つたが大ぶ元気だつたとか、萩原君も呼んで昔の『驢馬』の会でもひらいて山水楼で晩飯を食はうぢやないか、みんなが結婚して最後の一人であつた堀君もどうやら来春あたり結婚するらしい」とか、室生は主《あるじ》ぶりで中野を迎えている。堀の「葉桜日記」（昭一〇・二）には、「――私は、中野重治の訳したハイネの手紙の写しが以前から私の手許にあるので、それを私の雑誌に載せたいと思つてゐるが、二三箇所意味不明のところがある。が、いま、中野には会ふことが出来ない。」とあり、窪川の「私の文学的交友録」（昭一〇・二）に、「金沢生活の第三年目、即ち私の二十一歳の春あたり」から、「四高の短歌会」で中野に初めて会い、「東京へ出る直前の或る日、中野と二人でブラジルといふカフェーでホツト・レモンを飲んでゐると、（中略）中野はすでに一二度室生さんに会つてゐた。」「翌る年の大正十四年の初めに、室生さんが再び東京へ出て来られた。私はすぐに訪ねて行つた。」「当時の私たちには、芥川（龍之介）さんや萩原（朔太郎）さんは丁度室生さんの親戚のやうであつた。」と「驢馬」への道が回想されている。

しかし、そうした堀と中野を囲む芸術的な和の空気も、十返一の「文芸時評」（昭一〇・二）における「中央公論」の中野の『第一章』に対する「所謂芸術派に親まれて来た理由が氏のプチ・

ブル的な蒼白さと称ばれる部分に在る」ことへの痛烈な批判や、「新潮」の堀の「匈奴の森など」への「氏がその懐疑を失つた時は、純粋への復帰でなく堕落」という危惧があったことは、銘記されなければならない。

そうして今度は、堀がその七月、再び富士見高原療養所に入院することとなる。中野も九月、中野の妻が富士見の農家に療養したことで、堀をも見舞い散策する一時もあった。

六、昭和十年代――戦時下の文学

一九三〇年代の後半と四〇年代の前半を切り抜いて、昭和十年代という時代区分を浮上させることが世に行われている。いわば昭和の年代は西暦とそうした元号区分が交錯している。いわば一九三〇年代初年の昭和六年の満州事変が所謂十五年戦争の開始であり、一九三六年の昭和十年代最初の昭和十一年に二・二六事件があり、翌十二年に盧溝橋事件を発端とする日中戦争勃発し、十六年末勃発した太平洋戦争の敗戦＝十五年戦争終結が昭和十年代末年の一九四五年＝昭和二十年に当るという時代配置の示唆が、余計にこうした区分を顕在化させたといえる。文学史的展望からいえば、昭和七、八年からの転向と文芸復興の一時的華やぎの後に続く、厳しい〈戦時下の文学〉といわれている。

こうした十年間を、堀と中野はどのように生きたか。堀の昭和十年代は、リルケ受容の継続のなか、十一年五月「文芸懇話会」の「日本古典文芸と現代文芸」（川端康成編輯）によせた「更級日記など」の日本古典への接近と十二月『風立ちぬ』連作によって開始したといえる。翌十二年王朝文学に親しみ釈迢空＝折口信夫を知る中で、六月『風立ちぬ』を刊行した後、はじめて京都、大和に旅し、十二月『かげろふの日記』を発表する。また、同年七月勃発の日中戦争に不安をもちつつも、「(リルケは大戦当時……)」(昭一二・一〇)に、「リルケは大戦当時終始沈黙を守つてゐたやうです。やはりさうするのが一番いいのではないかと考へます。カロッサは『ルウマニア日記』など書いてゐますが、あれも大戦が終り、それについてあらゆる騒がしい戦争文学が氾濫したあとで、静かに現はれました。本当の文学といふものはさういふ風にしか生れぬものだと確信いたして居ります。」と書いて、戦争時事への沈黙という距離を測定している。その後の堀のロマンの追及は、その年の十二月に太平洋戦争が勃発する十六年の『菜穂子』への道となり、自伝の探求は十四年の『幼年時代』と十七年の『花を持てる女』の道、日本古典への接近は十六年末の『曠野』への道となり、それらの綜合として昭和十八年の「大和路・信濃路」が結実した。これらをして「芸術的抵抗」という文芸思潮の括りもなされている。しかし昭和十九年、戦局よろしからず一月大都市に疎開命令が出た二月、疎開先を信濃追分に探した後に喀血、一時重態となり、九月油屋旅館の隣家に住んだ後は、ここで終戦の詔勅も聞き、二十八年に臨終を迎えることにもなるのである。

他方、中野は、昭和十年代を十一年一月、『小説の書けぬ小説家』を「改造」に、『一つの小さい記録』を「中央公論」に発表するという隆盛振りから出発し、その転向文学は、十二年の『汽車の罐焚き』、十四年の『歌のわかれ』と『空想家とシナリオ』の結実を見る。また評論でも、十一年の評伝『ハイネ人生読本』、十五年の『中野重治随筆抄』、十七年の『斎藤茂吉ノオト』の論集を刊行している。官憲の監視下におかれつつもその仕事振りには、骨格正しい批判精神の粛厳とするものを示している。しかし、そうした中野において、日中戦争、太平洋戦争の勃発の度に厳しさを増す保護観察指導下に、昭和十七年五月の日本文学報国会の発足とともに会員となる道が生まれ、また敗戦直前の昭和二十年六月より召集令によって国内の駐屯部隊に配属となる道が待っていたことを、いかように考えるべきであろうか。

さて、この間の堀、中野の交わりはいかようであったか。中野の十一年五月二十三日付堀宛書簡に、「大変御無沙汰。不幸のことも聞いてゐたのだが、さて、君に借りてゐるアンデルゼン今翻訳してゐるのだが、わからぬところがあつたりして、」とアンデルセンの例の翻訳の報告があり、堀辰雄編輯の「四季」の「同人雑記」(昭一一・五)に中野の名もあり、中野は「わが文学的自伝」(昭一一・八)に、斎藤茂吉の耽読、室生犀星との出会い、『驢馬』同人のことを記し、「自作案内」(昭一三・二)にも、『裸像』同人から『驢馬』同人への道、プロレタリア文学運動への道を回想し、「『自分も多くの青年がするやうに、初めて筆を執つたのは西洋小説の翻訳だつた。』と芥川は書いているが、私が初めてした翻訳はレーニンの『第二インターナショナルの崩壊』であつた。」とし、「私には『ハイネ人生読本』という書きおろし本が一冊ある。」と紹介している。

こうした中野に応じて、堀は、連載中の『幼年時代』の「赤ままの花」(昭一三・一〇)に、次のような感激的な文章を展開している。

私の若い頃の友人だつた、一詩人が、彼自身もつと若くて、もつと元気のよかつたとき、

お前は歌ふな
お前は赤ままの花やとんぼの羽根を歌ふな

と高らかに歌つた。その頃、私はその「歌」と題せられた詩の冒頭の二行に妙に心をひかれてゐた。それは、非常に逞ましい意志をもち、しかもその意志の蔭に人一倍に繊細な神経をひそめてゐた、その独自の詩人が自分自身にも向つて彼の「胸先を突き上げて来るぎりぎりのところ」を歌つたのにちがひなかつた。その勇敢な人生の闘士は、さういふ路傍に生えて、ともすれば人を幼年時代の幸福な追憶に誘ひがちな、それらの可憐な小さな花を敢へて踏みにじつて、まつしぐらに彼のめざす厳しい人生に向つて歩いて行かうとしてゐた。……

その素朴な詩句は、しかしながら私の裡に、云ひしれず複雑な感動をよび起した。私はその僅かな二行の裡にもその詩人の不幸な宿命をいつか見出してゐた。何故なら、その二行をもつて始められるその詩独特の美しさは、それは決してその詩人が赤まんまの花や何かを歌ひ棄てたからではなく、いはばそれを歌ひ棄てようと決意してゐたところに、——かへつてこれを最後にと赤まんまの花やその他いぢらしいものをとり入れてゐるために——そこにパ

ラドクシカルな、悲痛な美しさを生じさせてゐるのにちがひないのだつた。若しそれらを彼が本当にその詩を書いたのち綺麗さつぱりと撥き去つてしまつたなら、その詩人はひよつとしたらその詩をきつかけに、だんだん詩なんぞは書かなくなるのではないか、といふ気が私にされぬでもなかつた。

つい長い引用になったのは、中野の詩と真実に関する見事な裁断を、これほどに柔らかく美しく表し得た文章を知らないからである。「歌ふな」という「赤ままの花やとんぼの羽根」を歌ってしまっているパラドックスは、しかし、中野の芸術を証すとともに、その拭いがたい堀と同様の貴族意識を証している。大衆文化ではなく高級文化としての。

さて、同年五月十七日付の中野の堀宛書簡に、「世田谷区二の一一七二」への移転の知らせと共に「その後御ぶさた。結婚のことを誰かゝら聞いたが、こゝはなか〳〵いゝから、次手の時あすびに来たまへ。」とあり、さらに翌十四年六月二十三日付書簡に、「こないだは本をありがとう。久しぶりで大いによろこんだ。」に始まり「君のからだは最近はどうだ？　いゝのだとは思つてゐるが。この間室生さんの小説をよみ、(「死生」)面白かつた。」から最後に「奥さんによろしく。子供を生むなら若いうちがいゝ。」と誠に親身な忠告に及んでいる。こうした中野の書簡に対して堀の書簡が残つていないのはどうしたことだろう。相当に送ったと思われるが、堀辰雄全集の来簡集に一通あるのみである。堀の『美しかれ、悲しかれ』(昭一四・一二)に、「中野君からこの夏のまへに一度お便りをいただきました。」「数年前信州富士見で私が『風立ちぬ』に描いたやうな人生を生地で暮らしてゐた頃、同じやうに療養に来られてゐた細君のところに見舞に来られた中野君と屢々会つて、一しよに近所の森の中を散歩したことなど、いまだになんともいへず懐しい思ひ出になつてゐます。」とあるのが貴重である。また、室生の「小説三羽鶴」（昭一五・六）では、太宰治のあとに中野の『街あるき』の「神韻漂茫」を説き、堀の「木の十字架」に「玲瓏たる俤」を見出している。しかしまた、石田英二郎の「三月の小説」（昭一六・四）には、堀の『菜穂子』、中野の『鶉の宿』『歌のわかれ』『街あるき』に対する厳しい批判もあったのであるが。

さらに太平洋戦争勃発後の昭和十七年、中野の一月九日付堀宛に、「『菜穂子』をありがたう。十一月十九日父を亡ひ、こちらに帰り、こつちへ廻送して貰つて読んだ。」とその感想を記し、「僕も四十一歳になり、前途ぼう〴〵たるものを感じる。時に勇猛心をふり起こし、時につくづく閉口垂れる。四十を越しても少しも智慧がつかぬ。」といった嘆きをつづっている。また、萩原朔太郎の死去に遭遇して堀は、「四季」に「萩原朔太郎追悼号」を編輯し「萩原朔太郎」（昭一七・九）を掲げて「この頃（＊大正一四年）から文壇的な交友も増え、諸処の雑誌に論文などを執筆することが多くなつてきた。萩原恭次郎、中野重治、堀辰雄などの若い詩人たちと知つたのも此頃である。」と記したが、この号にも中野も、「妄想」一編を寄せている。七月十一日付の唯一読むことのできる堀の中野宛書簡で、「実は先月三好達治に逢つたら三好の知人にて君がまだものを書けないでいろいろお困りだらうから書けるやうになるまででもいいから月々すこしづつでも補助してあげたいが（まあ五十円位なら一番いいらしいが）そんなものを君は受取つてくれるだらうか、僕からでも一度きいておいてくれないかと言はれてゐた」、「それが宇野千代さんであることを卒直にいつてくれた」、という問い合わせ、「二伸　萩原さんの追悼文、ありがたう、お礼は出来ないが全集ができたら送らせます」と付記している。その返答が、七月十三日付中野の堀宛の「御手紙拝見。補助のことは大変ありがたいのだが、今のところ格別困つてゐるといふ程でもないので、ひとまづ有難く御辞退したい。」「（今の所僕は執筆禁止といふわけではない。しかしまづ書けはせぬが）」とあり、「僕の『茂吉ノオト』がもう出るらしいのだが、出たら送る。（もう出てもいいのだが。）僕は文学報国会の発会式に行き、総理大臣の口演なぞも聞いた。その夜子供が四十度ほど熱を出して閉口した。」と見える。二人の友情の濃やかさが知れる。

戦局の悪化のなかに昭和十八年、十九年はめぐって、中野は、合資会社武蔵金属研究所に勤務し、堀は、信濃追分の油屋隣家に疎開する。しかして、めぐる二十年（一九四五）八月十五日敗戦となる。その混乱の新時代の最中に、中野は、十一月日本共産党に再入党、十二月「新日本文学」創刊準備号のために「天皇と戦争犯罪責任」を書き、十二月二十一日付堀宛で、「今度新日本文学会といふ、日本のいゝ作家を網羅する会が出来ることになつた。これは民主主義をかゝげるから、文学としては最高の純文学を要求するわけだ。」と「文学者の各個独自の自己表現」「作家の自由な制作」を強調しつつ、堀に「会の準備人としては、君にはいつて貰ふだけでなく中央委員にもなつてほしいといふわけだ」と入会を勧誘している。同日、ぬやまひろしからも勧誘の封書が届いている。こうした「驢馬」以来の同調を夢見させるものが、戦後直後にはあったというわけである。堀は堀で、ささやかな堀ブームというべき角川書店「堀辰雄作品集」の刊行開始となり、陸続する文芸書の復刊、創刊に呼応して、翌二十一年には「四季」を復刊し、若い人達と「高原」を創刊して「若い人達」を掲載し、戦後文学へと乗り出すのだが。

――戦後の道・別れの曲

七、新　生――戦後の文学

二十世紀の中間点に差し掛かろうとする昭和二十年（一九四五）の八月十五日、日本はポツダム宣言を受諾して敗戦と決し、ここに戦後の文学が出発する。この年を堀辰雄は、前年からの住んだ北佐久郡の信濃追分の油屋旅館隣りに病を養いつつ、ラジオ放送で敗戦を知る。一方中野重治は、前年就職した世田谷の武蔵金属研究所の工員としてこの年六月召集されて入隊、長野県小県郡の東塩田村に駐屯中に敗戦を迎える。入獄の繰り返し昭和九年の転向出所、それ以来の長い保護観察からの解放だった。

戦後文学の出発は様々な潮流を見せたが、文芸雑誌、総合雑誌の復刊、創刊のラッシュが活字に飢えた国民に応えて一種の活況を呈したのもその一つだった。十月からの「文芸春秋」「文芸」「新潮」などの復刊、「光」「新生」などの創刊、翌二十一年一月には、「人間」「近代文学」「展望」などが相次いで創刊され、「中央公論」「改造」も復刊した。堀と中野の交流の譜も、そうした戦後新生の出版界の機運の中で継がれている。敗戦直後の堀の心境は、全集書簡集から敗戦直前の兼子らん子宛（八・一三付）に「この頃支那の詩などを読んでゐますが」と紹介され、葛巻義敏宛（八・二七付）にも「まさに僕のいまの境界」と紹介された「万事傷心在目前／一身憔悴対花眠」や、折口信夫宛（一〇・一六付）の「これから急に蔓延しさうな悪思想のなかで古い静かな日本の美しさを守つて行きたい気持」の吐露にうかがえる。また、来簡集から折口（一〇・一六付）、角川源義（一一・一九付）からの堀の全集や詩集や雑誌を出版したい旨の連絡、小林秀雄（一〇・一九付）からの「創元」編集発行に絡む執筆助力の依頼にうかがえる。

そうしたなかで先述のごとく中野の戦後最初の堀宛（一二・二一付）は、「さて、今度新日本文学会といふ、日本のいゝ作家を網羅する会が出来ることになつた。これは民主主義をかゝげるから、文学としては最高の純文学を要求するわけだ。あのプロレタリア文学の狭さから、プロレタリア文学も脱けて出、昔のあの純文学もそれの狭さから脱けて出、文学者の各個独自の自己表現が、全然自由に確保されねばならぬといふのが会の一つの建前になるわけだ。非常に高い意味で、本当の文学のための会といふことになるわけだ」と説き、「別に招請状が行つたと思ふが、是非面倒がらずに会にはいつてほしい。」「会とか団体とかいふことでおくくふにならずに、寐たまゝでも（寐てるとは思つてゐないけれども）是非はいつてほしい。右たのみます。」と堀の状況をおもんばかりつつ新日本文学会入会の勧誘であった。民主主義においてかつてのプロレタリア文学と純文学が拡大共生し「文学者の各個独自の自己表現」「作家の自由な製作」を掲げるものとして、真剣に呼び掛けたものだった。かつて「驢馬」において文学思想を別にしたときも、中野が堀をプロレタリア―マルキシズムの運動に誘った形跡のないことを思えば、戦後の新生にかける中野の情熱の強さと広さに思い至る。これに、ぬやまひろし（西沢隆二）からの「新日本文学会はちつとも怖い会ではないよ。なんでも勝手なことを書いてくれゝばいゝ。原稿料は一流雑誌なみに払ふ。」というざっくばらんな誘いも同封されている。中野は、十月、文芸家協会再興準備委員会に出席、十一月日本共産党に再入党、中野重治全集の年譜を引けば、「十一月十五日、九月以来民主主義文学者の結集体の組織のために努力してきたが、この日、新文学団体『新日本文学会』の創立準備委員会結成される。」とある発起人としての招請だったのである。十二月、「天皇と戦争犯罪責任」を書き（翌年二月発表）、新日本文学創立大会において「文学者の戦争責任追及」を提案している。

さて、招請に堀がどのように応えたか。堀の中野宛書簡が見出せないので不明だが、結局新日本文学会の入会はなかった。堀には堀の戦後新生にかける思いがあった。しかし中野の方向にそれは開くものではなかった。戦中からの万葉風の古代小説の課題を残していたし、源氏物語、特に伊勢物語の小説化が戦中～戦後の架橋としてあった。それは折口を通しての日本的なもの伝統再生に向かうものであったが、同時に「四季」的なものを戦後新生に伸ばしていこうとする方向に乗り出していったのである。

翌二十一年（一九四六）三月の戦後第一作「雪の上の足跡」は、そうした日本的なものと西欧的なものの新生の姿だった。七月、角川書店からの作品集刊行が『堀辰雄小品集・絵はがき』としてあらわれ、「胡桃」創刊号に「さらにふたたび」、八月、若い仲間との「高原」の創刊、「四季」の再刊となり、「高原」創刊号に「旗手クリストフ・リルケの愛と死の歌」と「若い人達」、「四季」再刊号に「『ドゥイノ悲歌』についての手紙」を発表する。しかし十一月、無理がたたって健康が思わしくなく再び病臥、以後新作といえるものはついにあらわれることはなかった。しかし、角川書店の作品集の出版や各社の作品発行とそれにともなう「あとがき」などで、堀は戦後文学の一翼として生きたといえる。戦後の文学の一つの道標として。これに対して中野は健康にもめぐまれ、戦後民主解放の旗手として、本領の社会文学活動に入ったといえる。この年一月、「展望」の創刊号に「冬に入る」、二月「新生」に「文学者の国民としての立場」、「民衆の旗」を創刊して「日本が負けたことの意義」を発表、「近代文学」の座談会「民主主義文学の問題―中野重治を囲んで」に出席(四月発表)、三月、日本民主主義文化聯盟結成、理事長となり、衆議院議員にも立候補する。この旺盛な文学、政治社会活動から、七月、「新日本文学」に「批評の人間性」を発表することでいわゆる「政治と文学論争」の口火を切って戦後論争の中心を担うことになる。

翌二十二年一月、中野は『五勺の酒』を発表する。四月、参議院議員選挙で当選して、二十五年六月まで国会議員として活躍するのだが、そうした中野に一通堀宛(六・三付)があって「僕も議員なんぞになって――あのときは大変御世話になった――困っているが、このところ一心にはたらこうと思う。」とあり、「君の病気のこと、またわるいという風にもきいたが、話がいろ〳〵で正確なことがわからない。今日『四季』が来て『追分より』をよんだ。」という近況報告と見舞いの「一身憔悴花眠」への言及がある。堀は「四季」を送っていたであろう。「四季」などへの原稿依頼もしていたことも予測される。神西清宛（三・一〇付）に「一、『飛鳥』の中野さんの原稿のことといづれ折を見てたのんでみる／しかしあの人は書きたくても仲々かけない人だからそのつもりでゐてくれ」とあり、同じく神西清宛（三・一二付）に「中野君の鷗外論もそのうち僕から頼まう」とある。

以後、堀からの中野についての言葉は管見するところ見出だせない。もっぱら中野の言葉から、二人の交渉をたどるよりない。時は二十三年に入り、堀の角川の作品集に対応するように一月から筑摩書房より「中野重治選集」（全十巻）が刊行開始している。堀の「三つの手紙」（昭二三・九）として発表された折口宛（一・二三付）の「これからは、何か、もつと『自己のうちにある自己を越えた自己』のやうなものを歌はなければならぬ、と考へて居ります」といった言葉を、中野は目にしただろうか。

このころから中野を中心に「驢馬」の仲間の回想による堀への言及がさかんになる。室生は「堀辰雄に会はざるの記」（昭二四・一〇）に、西沢隆二が追分の村に堀を訪ねようとして日暮れになって「何となく喜ばしいあまへた乱暴さで、や、堀の家は何処だ、堀辰雄、堀君」と怒鳴りたてたといった消息を書き、窪川鶴次郎が「『驢馬』の仲間たち」（昭二四・一二）で、「驢馬」第九号の室生の「太田辰夫君を悼む」から、「……同人中野窪川と倶に四高にありて学友たり、又堀辰雄金沢旅中にて親懇、昨春宮木金沢に赴きし時又相識たりしが、」と引き、その「心やりと思い」を「それは、文学における室生さんの、苛借なき精神と抒情的なヒューマニズムとに結びついて、『驢馬』の一種の空気をなしていたかと思う。」とし、大正十五年二、三月頃まっ先に左翼運動に入った中野が、手紙かなにかで室生を通じて「文学をやってゆけないから同人をよしたい」といったのに対して「『運動』をやつたからといつて文学をやつてゆけないはずはないということを、同人どうしで強硬に主張しあつた」ことを例に、「私たちは、いゝ作品ならば堀も中野もなかつた。この内容や思想の如何が作品評価の前提になるということはなかつた。たゞひたすら『文学』としてすぐれたもの、これが一切の前提であつた。」と説いている。また、中野の「停滞期にいるものの回想」(昭二五・五)でも、「そんな具合だつたところへ、何かのときに室生犀星の詩を知つたことが、まず、わたしにとつては決定的な詩への機縁となつた。(中略)詩をじかに人生の問題としてつかまえてきていた点、そこが、室生犀星詩のわたしをつかまえたところであつた。」と回想している。「文芸往来」創刊号に堀の寄せた「豆自伝」(昭二四・一)の掉尾「今私は信濃追分の仮寓にゐる。この浅間の麓で、病を養ふやうになつてから、既に五年の歳月を過し、又凍雪《しみゆき》の冬を迎へようとしてゐる。」や、「文学界」の「私のアルバム」(昭二四・一二)の劈頭「明治三十七年十二月、みんな僕のことを下町つ児と思つてゐるらしいが、実は東京麹町で生れ、向島の小梅町で育つた。」といった一文に中野はどのように接したのであろうか。もはやこの頃になると堀は新作を書かないまま有名となり、戦後の文学に史的位置を確約されていたといえる。堀辰雄研究者もあらわれ、谷田昌平の「堀辰雄論」(昭二四・一)など一連の論文、小久保実の『堀辰雄』（昭二六・一二）も上梓される。

一九五〇年代に入った昭和二六年、講和条約・日米安保条約が調印されて日本は占領下から独立する。この年の次の書簡が中野の最後の堀宛（六・二三付）となる。

本をどうもありがとう。ハイネの訳稿のことも読んだ、御見舞にも行かずなまけていて恐縮する。しかし元気だろうか。今年は一度行きたい。それから、これはからだと気持ち次第だが、新潮文庫で僕の詩集を出すというので、本屋は解説は稲子さんに頼みたいという話だった。僕は、もしできれば、君が何か一と口書いてくれるとありがたい。もし本屋がそのことで願って行ったら、からだ調子よかったら何か一と口しゃべってくれないか。すこしわがまま過ぎると思うけれど。六月廿三日

これが全文。本とは、角川書店の堀辰雄作品集・小品集のラストの六月に出た『小品集別冊・薔薇』のことで、その「あとがき」に、「今年の夏のなかば、私は急に病が篤くなり、友人たちにだいぶ心配をかけたけれど、秋になつてから漸く病も怠つて、この頃はどうにか病床の上でかういふ本をも編むことが出来るまでになつた。これもまあ私の幸福といふべきであらう。」とある。私は、この中野の返礼の書簡にほとんど落涙した。中野の堀を励ます「心やりと思い」のそのたけ高きに。新潮文庫『中野重治詩集』（昭二六・九）の解説は、堀ではなく佐多稲子でもなく小野十三郎だった。また、『世界現代詩辞典』（昭二六・一二）の「驢馬」に、中野は「同人は室生犀星のところにあつまつていた雑階級的文学青年からなり、（中略）雑誌および同人の全体として

の傾向は、しいていえば小ブルジョア的人間主義であり、生活との結びつきを基礎的に認めた上では芸術の独自性を強く主張した。（中略）同人の多数はのち共産主義に傾き、早く死んだ太田辰夫を除き、病床の堀辰雄をも入れて、第二次世界戦では一人の積極的侵略戦争協力者をも出さなかつた。」と記している。単に事典の項目執筆を越えた評定であり、ことさらには、「病床の堀辰雄をも入れて、第二次世界戦では一人の積極的侵略戦争協力者をもださなかつた。」の文学史的評価は、以後中野の戦後における堀辰雄評価の基軸となる。そうした中野が堀の夫人の写真とともに掲載された「わぎもこ」（昭二七・三）の掉尾「もう足かけ九年、こんな信州の山のなかにこもつて、何ひとつ嫌な顔をせず、寝たきりの、めんだうな私のおつきあひをして貰つてゐるのは、なんとしてもありがたいことだ。」をいかに読んだことだろうか。

八、堀辰雄の病没と史的確認

昭和二十八年（一九五三）五月二十八日、堀は永眠する。この年の堀の落穂をひろえば、一月、「『挿話』に就いて」に、震災後のこととして「『水辺悲歌』といふやうな題で、母を亡くした頃のおもひでを小説に書きたいと思ひ、村のあちこちを大ぶさまよつた。が、なかなか構想ができず、遂にすべてを背景にして、そのなかの一挿話だけを精細に書くことにした。」と記している。そうしてこれが堀全集雑纂「自作について」の最後となった。三月、「私のプルースト」に、「私などはどうも二十世紀の小説なんてこれひとつあればいいと思ふことさへある。」という『失われた時を求めて』の内容見本の一文がある。

堀の病没を悼む多くの文章が寄せられた。中野のみをたどると、「堀の死を聞いて」（昭二八・五・二九「信濃毎日新聞」）に、「あの戦争では、堀は病気ということもあつたけれども戦争に完全に協力しなかつた作家だつた。小説の仕事の最後の時期には、彼は都会風なものとはやや違つた農村の変遷というようなところへ目を向けて行つている。」とここでもまず、**戦争に完全に協力しなかつた作家**、という定言となる。以後堀辰雄の病没にかかわつて中野は史的確認を積極的に行つている。六月三日の東京芝の増上寺で弔詞「告別式に」を読み上げた（『特集堀辰雄追悼号』昭二八・八「文芸」）。「君は生涯にわたつて清潔であつた。しかしそれは、はたを露骨に刺戟する類《るい》の病的潔癖とは無縁のものであつた。君は生涯にわたつて温雅であつた。しかしそれは、他の前に自己を曲げる類の妥協とは無縁のものであつた。特にこの温雅ということについて、『驢馬』の全同人が君の影響を受けたのであつたろう。」**潔癖と温雅**――これまた人間堀への定言だろう。「ふたしかな記憶」（昭二八・七「中央公論」）に、「堀をはじめて見たのがいつだつたか、どこでだつたかも忘れてしまつた。人にきいてみればわかるだろうと思うが。関東大地震のあとで、室生犀星が金沢に来ていたことがあつた。あとでは犀川《さいがわ》べりにいたが――またずつと後では天徳院の方にいたが――はじめは何やらという――御泉水《おせんすい》という町だつたかも知れない。――町にいて、そこの家《うち》でわたしは初めて犀星を見た。これはいま仙台にいる高柳真三が紹介してくれたのでもあつた。この御泉水（?）、ここの家で堀の話が出たかどうか、どうもはつきりしない。川岸町の家では、たしかに出たと思う。一時、堀は、この川岸町の家へ来てもいたはずだ。しかしわたしたちは会わなかつた。この家で、私は平木二六《じろう》に会つた。とにかく堀の話が出て、堀が詩を書くと、堀のおかあさんが五円くれるのだとか、一篇一円で買つてくれるのだとかいう話で、わたしは、うらやましいような、美しいような気がした。」とか「『驢馬』の連中には新しい知識、世界知識がとぼしくて、田舎者《いなかもの》風のところがあつた。ただ堀がいて、ヨーロッパのごく新しいところへ向けて、窓をひらいていてくれるという恰好であつた。」とし、堀の音楽、娯楽、都会風について、富士見の療養所、ウツクシの森、小川平吉の帰去来荘だの犬養木堂の白林荘だのという別荘のわきを通って、富士見の村公園へ左千夫の碑とか、養狐園に案内されたことなどを回想している。また、佐多稲子・中島健蔵・中村真一郎との座談会「堀辰雄の人と文学」（昭二八・八「婦人公論」、『堀辰雄読本』昭三二・二「文芸」）で、次のように発言した。

佐多「『驢馬』は堀さんがいいはじめて、いちばんそれに愛着持つたのは中野重治だつた」

中野「それはフランシス・ジャムの驢馬の詩があつて、『娘はサクランボウを食べたかしらぬが、驢馬は縄をしやぶつて寝ておつた』という、ああいうふうなところに共同の感情の線があつたわけだ。（中略）思想上の立場とか何とかというよりも、文学上の美とか芸術上の美とかいうものについての、共通の感覚から出発して行つた」

また中野は堀の人柄について「非常に頑固なくせにはにかみや」「都会人」「あれはしかし、堀は新小梅だからああいう男として生れたと思うけれど、しかし新小梅に家があつたということはなかなかよかつたね。あれが麻布とかいうとこで生れたんじや仕様がないよ。」「つまり昔の新小梅というのは封建的な新開地というか、新開地のどん底のようなところで、その家の中で堀は独立的というかデモクラティックというか、それは親子であつても親と子が喧嘩しているというのでなく、一城一国を構えているのでなく——堀の生活に関しては父親もおばさんも口出しはない、口出しを許しもしない、それは契約だつたのかなんだつたかそうなつていたね。」と出自の生活環境の文化史的把握に及んでいる。さらに「近代文学」の『特輯・堀辰雄追悼』(昭二八・九)の「堀辰雄のこと」では、「『万葉』とジャン・コクトーとではずいぶん離れて見えるのが、堀のものとして出てくるとすつかり堀風に濾過されていた。」とか先の「婦人公論」の座談会の様子を出しつつ、「堀のまわりには、先輩として芥川、室生、萩原、佐藤というような人がいた。この人々はそれぞれに堀を認めていた。堀の才能、堀の学問好き、堀の誠実な生きる態度……そして堀の方でもこの人々に愛と尊敬とを持つていた。そこで、しかし堀は、このうちでも室生犀星に特別の親近感を持つていたのではなかつたか」と推測し、その理由を、「芥川、萩原、佐藤という人々には、ある意味で堀に似通つたハイカラなものがあつた。かれらには頭で動く傾きがあつた、かれらは外国語なども読んだ。しかし室生犀星にはカラダで動く傾きがあつた。彼はハイカラでなかつた。外国語などは読まなかつた。(中略)そんな点で、二人がちがうために特別に堀が親しみを感じていはしなかつたかと思う。」と解している。誠に示唆に富む。これらが堀没年の中野の言及である。

明けて二十九年、初の「堀辰雄全集」が新潮社から刊行開始される。その全集内容見本には中野は「Querschnitt」（昭二九・二）を寄せている。ここでも先の座談に触れつつ、「堀は、政治を抜きにして、ナチス・ドイツから亡命した人びとの文学に気をつけていた。」と新小梅の部屋で堀の口から、『ケルシュニット』という言葉が出た、「堀なんかが当時の亡命ドイツ人に目をつけていたのを、わたしなどは、わるい意味で『利用』することさえ知らずにいた。堀の文学は、一方からいえば、そういう日本そのものの弱さの反映として、ひとつの特色ある反省材料としても検《しら》べられる必要があるだろう。」と戦中の堀の姿勢に着目をうながしている。この一文は、中野の戦後の代表作の一つ『むらぎも』（昭二九・一～七）にもある。その長篇に堀はモデルとして次のように登場する。「田端の大正軒で、鶴来（＊窪川鶴次郎）、深江（＊堀辰雄）と三人で酒をのんでその話をしたことがあつた。」とか「ついこのあいだ、安吉たち、安吉、鶴来、深江、大沢（＊平木二六）の四人が、詩の同人雑誌『土くれ』（＊『驢馬』）での師匠株の斎藤（＊室生犀星）のところで」とか「色のくろい、ごりのような顔をした斎藤鼎がやつてくる。『おほほン……』といつた咽喉音をさせて瓶詰をすこし飲む。見当のつかぬ女たちが、『変つたおやじ……』といつた顔つきでそれを眺めている。美しい深江が大学の制服できて、酒が飲めぬため麦藁でシトロンを飲んでいる。受け口で、銀色の入れ歯をした背の低いきいちやんという方が、深江のごわごわした髪の毛を異人種を見るような目で眺めている。」とか、秋の新人会の講演について「それを聞きにきた深江が、あとで、あんな聞き手相手では引用が多すぎたかも知れぬといつて彼の感想を安吉にきかせた。」「ところでどうすねネ？　葛飾（＊芥川龍之介）さんに会いに行くかネ？」とすすめられたこと、「『土くれ』の連中のうち、深江は前々から葛飾を知つていた。彼は弟子格なのでもあつた。」とあり、芥川邸で中野に芥川が「君が、文学を止めるとかやらんとかいつてるつてのはあれや本当ですか？」と「才能として認められるのは、深江君と君とだけでしよう？」と言ったのを「学問・道徳的にまちがつている」「第一斎藤鼎なら、決してあんなことといわないし、第一気がつかぬだろう。」といった場面が描出されている。さらに、「自分の文章」（昭二九・一〇）でも「私の文章は重苦しいような品物になつている。（中略）堀辰雄は、軽い、さらりとした文章を書いた。」とか、「自伝」（昭二九・一二）では『驢馬』で育てられたものをそのまま持つてプロレタリア文学運動にはいつて行く形になつた。」という認識を示している。

翌三十年、中野は堀辰雄全集月報に「地球儀とローラー・スケート」（昭三〇・八）を書く。「彼の机の上に地球儀が置いてあつた。」とか「その部屋で、彼が、コクトーの言つたことを紹介した。散文は、置いたように書くのがいい」とか堀に連れられて行った浅草のローラー・スケートとかお茶の水の文化アパートとか。また、室生の「横着の苦痛」（昭三〇・一〇）に、「けふは堀辰雄君の納骨の式がある日で、彼は出掛けに中野重治君におくる神像を娘に携《も》たせた。」とあるのも痛々しい。

さて、もはや昭和二十年代も終わって、三十年代に入る。昭和文学の史的確認は、すでに高見順の「昭和文学盛衰史」（昭二七・八〜三二・一二）という傑出した仕事も連載中であったし、伊藤整の『若い詩人の肖像』（昭三〇・九〜一二）の回想にも「室生犀星がこの雑誌（日本詩人）に、『驢馬』といふ雑誌が出ることを予告する短い文章を発表した」「私の胸は嫉妬心でうづいた。」と情念も生々しく語られている。三十二年三月、多年の親友堀文学の唱道者神西清が没している。そうしたなか堀全集の普及版が出ることになり、その「見本」に中野は「野中の清水」（昭三三・五）を寄せている。

　野中の清水、それが堀辰雄だ。また彼の文学だ。巨大なダムではない。地下の闇黒をはしる下水道でもない。しかしそれはそもそもの水だ。それは飲むことができる。手と足とをひやすことができる。傷口にそそいで洗うことができる。人はどうしてもそこへ立ちかえる。そこからまた出《い》でたつ。

「人はどうしてもそこへ立ちかえる。そこからまた出《い》でたつ。」**野中の清水**——なんとも美しい中野ならではの堀文学理解の定言である。

　しかして、古林尚の「『驢馬』」（昭三三・一二）の次の認識は確定的だろう。「文芸の枠内での思想性や戦闘性ならば、アポリネエルやコクトオなどのダダイズムに深く傾倒していった堀辰雄にしても、やはり同様に思想性や戦闘性の強固な所有者であつたと見ることができよう。マルクス主義の立場にたつ中野や窪川や西沢らと、抒情的で繊細な堀とでは一見まるで別の次元にあるようだが、彼等の志向が文芸への執念を離れぬ以上、実際はそれほど隔った地点にいたわけではないのである。」同じく古林は、復刻「驢馬」（昭三五・一二）の「解題」で、「昭和文学ぜんたいの基本的な動向は、なんといつてもマルクス主義文学の定着と西ヨーロッパの前衛文学の移植、この両者による既成のリアリズムの打破、つまり自然主義的人間観の克服にあったとみなければなるまい。してみるとのちのいわゆるプロレタリア文学派を代表することになる中野重治と、のちのいわゆる純粋芸術派の堀辰雄（当時はアポリネエルやコクトオなどの尖端的な芸術主義の紹介に専心していた）とが仲良く同居していた『驢馬』こそは、やはりどこから見ても、既成文学概念の克服を目ざした革新的な文学動向の主要な萌芽として、たしかに『あざやかで、きわだつた存在』であったと承認しなければならなくなるのである。」と「革新的な文学動向」の主要なものとして堀、中野を括っている。

三十四年に入って筑摩書房版「中野重治全集」全二十九巻が刊行開始となる。中野は存命中に全集を出したことになる。そうした中野は「堀の『妻への手紙』を読む」（原題「夫婦の完全な対等関係」昭三四・四・六「東京新聞」）で、堀と妻多恵の在り方を、「その底には、案外に、男と女との、夫と妻との、ほとんどめずらしいほど完全な対等関係、平等ということがあつたらしいことも興味をひく。」ととらえ、「一九三五年のころ」（昭三四・一一「室生犀星作品集」月報）では、かつて中野が室生に文芸懇話会賞の『あにいもうと』受賞をことわるように手紙をだしたことを告白し、「私は室生さんの弟子であつてまた旧『驢馬』の同人だつた。この師匠＝弟子関係と『驢馬』関係とは事実であり、また事実であつたところのもの、歴史だつた。」と記述している。室生も又「『驢馬』の人達」（昭三四・七「文学界」）で、「ここにまた佐藤春夫の詩も、彼の全作品の間をかがる宝石のくさりのやうなものを持ち、日本文学の文学の間に堀や中野の兄貴のやうな落着きを永い間、見せてゐた。」と記しつつ、「ぬやま・ひろしは佐藤春夫の紹介で突然現はれたのだし、堀辰雄はお隣の府立中学校長の紹介で来たのだが、皆の友情は私の部屋で話し合ふことで成立したのである。窪川、中野は金沢に震災（大正十二年）当時疎開中に殆ど同時に両君と知り合ひ」と記し、「いまから思うても我が『驢馬』の人達は聖驢馬の使徒であつた。」と言い切っている。「驢馬」同士の友情は、史的認知となる。

時代はいわゆる六十年安保をくぐって高度経済成長に向かう。「誇張しない人」（昭三六・七「日本現代文学全集」）で中野は、「堀にはいろんな美点があつた。美点は誰にしろ一つや半分はあつたが、堀の美点の一つは他のともがらにはないような種類のものだつた。言つてみればそれは誇張をしないという美点だつた。」と述べる。**誇張しない人**——これもまた人間堀への定言となる。そうしたうちに、三十七年三月室生が死去する。翌三十八年十月から刊行開始となる角川書店版「堀辰雄全集」（全十巻）では室生、川端、河上徹太郎とともに中野は編輯委員となった。そして「朔太郎・春夫・犀星・辰雄・達治」（昭三九・一一『日本の近代文学』）という回想を書く。ここでも堀について、「これはいわば全く戦争に関係がない。病気でずつと寝ていたからというだけでなく、本来の仕事、文学制作をどんな意味でも戦争に結びつけなかつた。しかもただ黙つていたのではない。問いが発せられて、彼は、カロッサの『ルウマニア日記』にも触れて、それは戦後考えることができるだろう、そして自分は、自分の今までの仕事をやつていくつもりだとはつきり書いています。」と戦中の姿勢と戦後への透徹を見出だしている。

もはや中野の発言のみ抽出しよう。

「雑誌『驢馬』」（昭四三・一『新潮日本文学小辞典』）に、「詩の尊重と人間の尊重とを一致させたいとする立場をとり、同人の多くが共産主義の方へ動いたのもここに由来する。」と記し、「『驢馬』の名づけ」（昭五〇・一二放送朝日）に、「『驢馬』の名は堀辰雄の発案、堀の文章にあります。」と記す。また、筑摩書房版「堀辰雄全集」に「奥行きの姿で」（昭五二・四）を寄せ、「野中の清水、それが堀辰雄だ。」からさらに「奥行きの姿で堀を見たい」として、「病床の堀が、米軍演習地に取られかけた浅間山麓のためにどれほど焦慮したか、話がそのへんまで行けるとすればさらに申し分ない。」と結んでいる。そうして次の一文「堀辰雄と外国語」（昭五三・四「文芸」）が堀への最後の言及となる。「鷗外の訳した「父の讎《かたき》」」について、「たしか新小梅の堀の部屋でだつた」として、「一九二八年（＊昭和三年）だつたとしても五十年になる」そのとき堀は「うむ……しかし僕（？）は、あれはちよつと好きじやないんだ……」の言葉を思い出し「彼はある種のテロリズムにはなじまなかつたのだつたとも思う。」「『外国語ではそうでもないんだ……』と言つたことがあつて憶えている。『父の讎』にしても、堀は鷗外のつかつたドイツ語訳で読んで、ああ言つたのかも知れなかつた。どうも堀は、英（米）語もドイツ語もフランス語もできたのらしかつた。」と閉じている。連載「沓掛筆記」の十九、これが堀への言及の閉めとなった。

九、中野重治の没後と現代

一九七九年＝昭和五十四年八月二十四日、中野重治は逝去する。七十七年と七か月の生涯であった。堀は四十八年と五か月、中野は約三十歳長く生きたことになる。

すでに時代は一九七〇年代に入り、学生闘争も終息に向かい、昭和四十五年十一月三島由紀夫自決、四十六年より内向の世代の文学がとりざたされていた。翌四十七年四月川端康成がガス自殺、四十九年江藤淳が辻邦生、加賀乙彦、小川国夫、丸谷才一を批判して仕掛けた「フォニイ」論争は、堀辰雄批判に連動していた。中野の死は同じく五十三年江藤が仕掛けた無条件降伏論争の翌年だった。中野没後の五十五年十月に完結した筑摩書房版「堀辰雄全集」別巻二の「編輯後記」（郡司勝義）は、次のように閉じられている。

「この間、装幀に当たられた岡鹿之助氏、編輯委員の福永武彦氏、全集推薦の辞を寄せられた多年の親友中野重治氏が逝去された。御冥福を祈るのみである。」

もう一人福永とともに編者であった中村真一郎も、今はいない。

今日堀と中野が生きた日本の二十世紀も閉じられ、二十一世紀を刻んでいる。そのとき堀文学はどのように総括されるのか。その資材として私は『堀辰雄事典』（二〇〇一＝平一三・一一　勉誠出版）を編集した。

堀と中野の総括はどうか。にもかかわらず私にその試みのための用意は未だ整っていない。昭和三十九年から四十三年に杉野要吉が堀における日本古典・日本的なものを論じつつ、中野と堀の比較「中野重治—堀辰雄との『文学史』的統一像を求めて—」（昭四一・五「日本近代文学」）からさらに中野論へと移行したことへの後付けも必要な用意の一つだろう。さらに解決されなければならない重大なアポリアが残されている。ほかならない佐多稲子が当時「驢馬」の仲間は堀の父が養父であることを知っていた、堀が知らなかったはずはないという発言をしたこと——堀辰雄の父をめぐる問題——の行方、解決である。佐多稲子は、長編『時に立つ』（昭五〇・一～一二「文芸」、五一・四刊）の「その一」で、小説とは言え、

そこにふくまれている事情を、私は槙とのつきあいのはじめから知っていたようにおもう。（中略）そして私はそこに、人生的な優しさをも汲みとっていたようにおもう。槙という姓は、そのときの父の姓ではなかった。それは槙ひとりの姓であった。そこに内在する槙の事情を、私ははじめから知っていたとおもう。（中略）槙が私の身の上を知ってるように、私も槙の事情を知っていた。

と書いている。さらに佐々木基一・小久保実との座談会「堀辰雄」（昭五〇・四「群像」）で堀の年譜その他で昭和十三年に上條松吉の死去に際して初めて伯母さんに告げられて知ったとなっていることについて、「そのことで私、中野さんに電話かけたことがあります。『こういうふうになっているけれども、あなたどう思う』と言ったら、『そんなバカな。そんなことないよ』って。」と答えている。中野の理解も佐多の側にあった。これについて福永武彦の異常なまでのそれでい

て水際だった調査『内的独白』（昭五一・一〜五二・五「文芸」、五三・一一刊）副題「堀辰雄の父、その他」をどう読むか？　福永は中野邸を訪ねての直談判におよび、中野の答えが「やがて、困つたなあ、と口ごもりながら、確かにその頃、僕たちは堀の父親が本当の父親ぢやないことを知つてゐたやうだね、僕は佐多稲子ほどはつきりしたことは言へないが、堀が昭和十三年までそのことを知らないで過して来たとは、どうも思へないね。」「さうねえ、いつ聞いたのかは分らないが、或る時堀から聞いたやうな記憶がどこかにあるやうだねえ」であることにも怯まず、「『驢馬』同人の集団錯覚」という仮説まで立て検討しさらに平木二六の「若き日の堀辰雄」などから不利な発言を正当に引きつつ、それでもなお父が生きている間に実情を知っていながら知らないと書いたのではない、と結論を導き出している。その異様な情熱についてである。

中野の発言は、これまでにも暗示的には示されていたのではないか。座談会を二つ。丸岡明、中村真一郎、吉田精一（司会）との「堀辰雄の人と文学」（昭三六・三「解釈と鑑賞」）で、

丸岡「けつきよくいちばんよく知つているはずの下町の小梅町界隈の小説をなぜ書かなかつたか。」

吉田「つまり庶民的な世界だからということなのでしょうかね。」

中野「調べれば証拠、あるいは証拠まがいのものは出てくるかもしれないけれども、堀は小梅辺のことを書きたいと思つたことはあつただろうと思う。晩年、回想文に書いている。けれどもあれを小説として書こうとすると残酷な取り扱いをしなければならないものがどんどん出てきただ

ろうと思う。そういうことがあまり好きじゃなかつた。残酷というようなことに耐えないようなところがあつた。」

とある。「どんどん出てきただろう」という**残酷な取り扱いをしなければならないもの**――それが震災で隅田川で母を亡くしたことに集約されるばかりでなく、堀辰雄の父をめぐる問題を含めてのことではなかったか。また、伊藤整、堀多恵子、神保光太郎との座談会「堀辰雄――人と作品」(昭四四・七「四季」)でも、

伊藤「そう、堀君という人は演繹をしない。」

中野「そういう戒律、と言うといかめしくなるが、それを自分で会得して、あそこだな、というふうにわかると、それを若いときから厳密に自分に課していた。」

伊藤「中野重治と堀辰雄と共通なところがあるとすれば、いまの話に関係あるけれども、必要のないことには、そこまでいってひっかきまわして説明しないで、そっとしておく。そうすると、ある人は分かるけれど、ある人はわからない。それは仕方がない。というようなタイプでしょう。」

という発言も貴重なものである。中野の言う**戒律**――ここにも堀の母ばかりでなく父の問題に対する姿勢がつながってはいないか。

江藤淳の『昭和の文人』(平元・七)は、佐多稲子の『時に立つ』から十年、その間中野の死を挟んで昭和六十年一月から六十四年=平成元年五月まで「新潮」に連載された平野謙―中野重治

―堀辰雄を論じた長編評論だった。ここにおいての堀と中野の比較論は、多くの論者からの集約を改めてたどる必要がある根本問題に及んでいる。その（平元・七）の「あとがき」に、

私はこの仕事によって、ほとんど中野重治という文人を再発見したといってもよい。彼は若年の頃の詩に詠じた「豪傑」にこそならなかったが、終生廉恥を重んじ、慟哭を忘れることがなかった。そのような中野重治の文業に対して、私はほとんど自ら慟哭を禁じ得ぬ想いであった。

「昭和の文人」とは決して単に「昭和」の客体にとどまらず、「昭和」の構造そのものをつくった人々でもあった。堀辰雄はその意味で、ほとんど戦後を、いや現在をも先取りして憚らぬ毒を含んでいた。このような文学に耽溺していたら、肺結核は治らないと思った三十五年前の直観は、少しも間違っていなかったと、私はあらためてそう思わざるを得なかった。

と記す、その「間違っていなかった」とする江藤が自殺したのである。「ほとんど」という副詞によって総括された脅威はさておき堀の「戦後を、いや現在をも先取り憚らぬ」ことが毒かどうか。しかしその支配力においてこれまた再評価に反転することを論じなければならない。私という人間において実現したように破滅型の太宰治によって救われる読者もおれば、堀の「温雅なもの」によって結核が治った人もありえるのである。むしろ小林秀雄の含む毒といわなくても、昭和の批評家における小林の「様々なる意匠」の遺産呪縛、亜流としての私小説的リアリズムの規制から江藤が自立しているか否かも今後問われるはずである。昭和四十九年六月の「〝フォニ

イ〃考」（「文学界」）を収録した『リアリズムの源流』（平元・四）などから検証しなおさなければならない。そのとき必ず堀と中野は、ふたたび「現代日本文学の海路に浮かぶbuoy（標）にしてvie（生）なる」ものとして、立ちのぼることは、間違いない。『昭和の文人』の中野と堀の褒と貶を容れた上の救抜が肝要というべく、堀の遺産継承としての江藤のいうマチネポエティックやその亜流としてのフォニーの作家たち、ポスト・フォニーの増殖、それが堀再批判につながるのであれば、ひるがえって江藤の中野再評価に際してのパセチックな慟哭が、天皇への慟哭、日本浪曼派へのそれにつながることも問われなければならないのではないか。逆に小林秀雄以来ありがちな私小説的リアリズム論の残滓はないかどうかも問われる。私はそのいずれもがあると論定する。ある上でどのようにあるかが大切だが。また、堀は父についての事情をどこかで知っていたと考える。しかし同様にどのように知っていたかが大切である。そのどのようには、堀文学生成の元基にかかわる。昭和文学のために、日本の二十一世紀文学のために、尋ねられなければならない。

Ⅳ　村上春樹への射影

村上春樹への射影／江藤淳『昭和の文人』の堀辰雄

――生い立ちの事実、リアリズム、フォニーをめぐる――

＊

村上春樹は実父のことを語りたがらなかった。外国の読者に向かって図らずももらしたことはあっても、日本の文学界や読者にむかって具体的に語ることはほぼなかったといってよい。それが本年（二〇〇九＝平二一）二月十五日、国際的な舞台でエルサレム賞受賞記念のスピーチにおいて、はじめて告白した。この告白は、これから論じるように、自らの生い立ちの事実（すべてが告白されたわけでなく、わずかだが）と父から伝わる戦争の傷痕（侵略や生き延びたことの罪責感）を自らが引き受けている（はじめた）ことを示唆するばかりでなく、村上文学がある種の戦後文学として位置づけられる可能性、および村上が父と父にまつわる様々な事実の隠蔽を通して自らの文学を確立してきた可能性を伝えている。

本稿において私は、まず「父」をめぐる隠蔽と文学生成のドラマを、堀辰雄と村上の批評的受容をめぐって、とりわけ江藤淳の批評的言説において検討する。その上で、江藤による堀と村上への否定評が彼らの文学的共通性――リアリズムとフォニーの在りよう――を射影しており、しかも江藤による彼らの文学の否定こそ実は江藤の批評眼の根幹（江藤の自殺の真相との関わり、文学界での批評家の立ち位置）をさえ示唆していることを明らかにする。

一、生い立ちの事実

村上春樹

村上春樹のエルサレムにおけるスピーチ「壁と卵」は、「文芸春秋」の四月号の「独占インタビュー&受賞スピーチ　僕はなぜエルサレムに行ったのか」に掲載された。当面する論題において、次のパラグラフは重要である。

私の父は昨年の夏に九十歳で亡くなりました。彼は引退した教師であり、パートタイムの仏教の僧侶でもありました。大学院在学中に徴兵され、中国大陸の戦闘に参加しました。私が子供の頃、彼は毎朝、朝食をとるまえに、仏壇に向かって長く深い祈りを捧げておりました。一度父に訊いたことがあります。何のために祈っているのかと。「戦地で死んでいった人々のためだ」と彼は答えました。味方と敵の区別なく、そこで命を落とした人々のために祈っているのだと。父が祈っている姿を後ろから見ていると、そこには常に死の影が漂っているように、私には感じられました。

父は亡くなり、その記憶も——それがどんな記憶であったのか私にはわからないままに——消えてしまいました。しかしそこにあった死の気配は、まだ私の記憶の中に残っています。それは私が父から引き継いだ数少ない、しかし大事なもののひとつです。

ここに、村上における「父」に関する事実の幾つかが明らかになった。その一つは、こうした告白が父の「亡くな」った後に行われたこと自体に関わる。当面する堀辰雄における「父」の問題に比定すれば、堀の初出『幼年時代』の終章「花結び」の「最近、父の死後、私ははじめて死んだ父が自分の本当の父でなかつた事を知つた」という二人の父の事実とその来歴の告白が「父の死後」であったことと相似する。村上に二人の父があったというのではない。父について明白にしにくい様々な事情があったことが共通する。父が「教師」で、時折「僧侶」をしていたということ、父は大学院生だったときに徴兵され中国の「戦闘」に参加した日本軍人であったこと、毎朝食前に祈っている父は「戦地で死んでいった人々のためだ」と答えたということ、そこに漂っているように感じられた「死の影」は父の死後消えてしまったが、そこにあった「死の気配」はいまも記憶の中に残っているということ。そうしたことは、むろん堀の場合と多々相違する。ただ、それらが、父が語りたがらなかったことであり、いや、むしろ村上にとって語って欲しくない、聞きたくないことであり、訊ねることが憚れることだったことは、堀の場合と相似する。そうしたことが尋常の程度を超えていたことだった。それらを知り、ことさらにそれらを告白することは、それまで営々と打ち立ててきた自己の文学の生成機構を構造的に危うくすることだった。むしろそれらを隠蔽すること、隠蔽する仕方の中に文学が構想されていたのだから。

「完璧な文章などといったものは存在しない。完璧な絶望が存在しないようにね。」という「大学生のころ偶然に知り合いになったある作家」が言った言葉の「本当の意味」を理解できたのは「ずっと後のこと」であってよく、しかし「少なくともそれをある種の慰めとしてとることも可能」であって、そうした「文章」（文学）と「絶望」（人生）の受け取りから出発した村上がかつての大学生であった堀であっても、ほとんど違和を感じないのである。村上同様、堀も一人っ子の孤独を抱えていた。受容の文法を握って文学を拓いた。

村上文学において、すくなくとも『風の歌を聴け』など初期三部作までは、それら生い立ちの事実を明かすことは不都合だった。「教師」であることの一種非文学的かたぐるしさはさることながら、それが国語教師（母までも）であることの持つ附きすぎる胡散臭さは、村上が国語で書かれた日本文学を遠ざけ、英語で書かれたアメリカ現代文学に寄り添って出発したことと確実に繋がる。「僧侶」を父とした村上の父が、中国で「戦闘」に参加したことは、戦争体験者の戦後、とくに滅亡の思想を表明した武田泰淳に通じるものがあったと思われる。その父の息子である村上が徐々に父の体験に接近する。『ねじまき鳥クロニクル』におけるノモンハン事件の取り込みにまで至るには長い屈曲を要したことがわかる。それはつまり戦後文学のメインテーマをまともに担っていることの証左なのだが、当面はその戦後文学に、堀がそうしたようにブレーキをかけ、それを別な言葉（のシステム）に置き換えて、再びそれを出発させる必要があった。堀が「芸術のための芸術について」（一九三〇・二）で、世紀末の悪鬼を抱えた芥川龍之介（の文学）に対して用いた対処療法とパラレルのものがあった。そこに父にまつわる生い立ちの事実がからんでいた。アンタッチャブルなものとして。それをリアルな現実として出発したならば、たちまち自然主義的なリアリズムに足を取られてしまう。現代日本文学生成の水脈に遍在する反自然主義的リアリズム（とりあえずそう言っておく）に殉じるものにとって、それは不都合なことだった。『風の歌を聴け』は、東京の大学三年の夏休みの帰省の物語なのに、故郷の父母についてはむろん、家庭の話がほとんど出てこない。家庭のかわりに出てくるのはジェイズ・バーとそのマスターのジェイズであり、友人の鼠であり女の子たちだった。

　さて、先に引用したパラグラフを導く直前のパラグラフの末文は、「そのために我々は日々真剣に虚構を作り続けているのです」であった。英文は「concocting fictions with utter seriousness」であって「fictions」の「concocting」という単語は、作るといっても「making up」ではすまない、作り上げるのに混合する、でっち上げるの訳語を持っている。これは翻訳する英語にさらに村上春樹が注文をつけたものではないか。フイクションをでっちあげるのを、全く真剣に、と。「そのために」の「This is why we go on, day after day.」とは、そのパラグラフの最初の「私が小説を書く理由」のことで、「個人の魂の尊厳」に光りを当てるため、魂が「システム」に絡め取られ、貶められることのないように警鐘を鳴らす、そのために生と死の物語や愛の物語を書き、人を泣かせ、怯えさせ、笑わせることで魂のかけがえのなさを明らかにしようとする、「そのため」なのだ、というのである。
そもそもスピーチは次のように語り始められた。

私は一人の小説家として、ここエルサレム市にやって参りました。言い換えるなら、上手な嘘をつくことを職業とするものとして、ということであります。

この「嘘をつくことを職業とする」の英文は「a professional spinner of lies.」、直訳しなおせば、lies「嘘」の spinner「紡ぎ手」。スピーチの前半は「嘘」という単語の連発である。うまい「嘘」をつくことによって、本当のように見える「虚構」を創り出すことによって、「真実」を別の場所に引っ張り出し、その姿に別の光をあてることができる、というのである。なぜそうするかといえば、「真実をそのままのかたちでの捉え、正確に描写することは多くの場合ほとんど不可能です。だからこそ我々は、真実をおびき出して虚構の場所に移動させ、虚構の形に置き換えることによって、真実の尻尾をつかまえようとするのです。」と。これはまるで文学概論や文学理論のおさらいのようなものだが、ここではきわめて重要である。なぜならわれわれはのちに江藤淳によるリアリズム論、フォニーの論によって村上と堀を検討しなければならないのだから。とりあえず、この言説は、堀の「詩人は計算する」の「小説の危機」(一九三〇・五・二〇)に共通する。

それにはもっと複雑な精神作用が、百パアセントの虚構《フイクシヨン》が必要だ。よい小説とは言はば「嘘から出た真実《まこと》」だ。本当の小説家は、いつも真実を語るため虚偽を使用する。反対に、虚偽を真実のやうに見せかけて言ふ奴は、もつとも悪い小説家だ。「小説家は命がけで嘘をつくべし。」

ここに、「虚構」も「嘘」も「真実」もある。「虚偽」すら用いられている。

さて、しかし「嘘をつかない特別な日」として村上が世界に向けて放ったメッセージはなにか。

もしここに硬い大きな壁があり、そこにぶつかって割れる卵があったとしたら、私は常に卵の側に立ちます。

硬い大きな「壁」とは、爆弾機や戦車やロケット弾や白燐弾や機関銃、それらによって潰され、焼かれ、貫かれる非武装の市民たちが「卵」。壁は「システム」と呼ばれる私たちに他者を冷酷かつ効果的、組織的に殺させ始めるものだと。「文芸春秋」のインタビューには、父にまつわる「死の気配」としてホロコーストの生き残りが語られ、システムとして第二次大戦前の天皇制と軍国主義が語られる。それが「日本人が背負っていかねばならないこと」であって、「日本人としてイスラエルで話をするには、そこから発信すべき」と考えた、「記憶を引き継いでいる人間としての責任」として。

その後に先の父をめぐるパラグラフがあって、最後に、「国籍や人種や宗教を超えて、我々はみんな一人一人の人間です。システムという強固な壁を前にした、ひとつひとつの卵です。」我々がシステムを作ったのでありシステムに我々を利用させてはなりませんと結んで、エルサレム賞受賞とイスラエルの読者への感謝が述べられている。そうした発言は、日本人としての二人目のノーベル文学賞作家大江健三郎のストックホルムにおける『あいまいな日本の私』のスピーチの思想を継いでいる。

そうした世界的な場にあって、ここで父のことが語られたことは、きわめて重要である。「父のことを話そう」と決意することがこのスピーチにおいて必要だったのだろう。それが「父の死後」において可能となった事実を強調しておかなければならない。

村上が隠蔽してきた父についての事実は、徐々に知られてきていた。時折の村上の発言によっても。詳細はたどらないが、すでに『群像日本の作家26　村上春樹』の（一九九七・五）の「年譜」（今井清人作成）の時点で、昭和二十四年（一九四九）の項に、「一月十二日、国語教師村上千秋・美幸夫妻の長男として京都市伏見区に生まれる。」とあって、『村上朝日堂の逆襲』（一九八六・六）から、「僕は関西生まれの関西育ちである。父親は京都の坊主の息子で母親は船場の商家の娘だから、まず百パーセントの関西種と言ってもいいだろう。だから当然のことながら関西弁をつかって暮らしてきた。」が引かれ、昭和三十年（一九五五）六歳の項には、「四月、西宮市立香櫨小学校に入学」とあって、『村上朝日堂』（一九八四・七）から、「僕の家はごく普通の暮しむきの家だったけれど、父親が本好きだったので、僕は近所の本屋でつけで好きな本を買うことを許されていた。もっとも漫画とか週刊誌とかは駄目で、きちんとした本だけである。」が引かれている。村上の父が京都大学卒の国語教師、母も国語教師、文学好きの環境で育ったことは知られていた。しかし、その知られていた、知られかたには、複雑な過程があった。

ここで『イアン・ブルマの日本探訪―村上春樹からヒロシマまで』（石井信平訳、一九九八・一二）の「村上春樹　日本人になるということ」（一九九六・一二・二三「ザ・ニューヨーカー」）をたどる。一九七八年四月、村上が神宮球場の外野席で観戦したヤクルト・スワローズと広島カープ戦で、移籍したアメリカ人ヒルトンの初打席、二塁打を放つ。その瞬間村上は、「僕は小説を書けると悟った」という。それが『風の歌を聴け』だった。そうしたいきさつはすでに知られてる。（村上春樹「神宮球場の外野席で……」二〇〇一・一〇・一二など）イアンは大磯の村上のマンションで対座していた。村上は語る、「そう、おかしなことだ。野球はアメリカのスポーツで、ヒルトンはアメリカ人のバッターだ。あの日僕が受けた啓示は、全然日本的ではなかった。啓示というのは実は日本的な概念じゃない」。イアンは続ける、「彼は神戸に近いごく普通の新興住宅地で育った。父親は高校教師で、彼は一人っ子だった。少年時代には、伝統的なものと言えば日本社会の画一性ぐらいのものだった。この画一性を彼は嫌悪していた。学校の制服、細かい規則、仲間意識。集団的・家族的な義務のために個人の欲望を抑制すること。彼は社会的な閉所恐怖症から逃れるためにアメリカを夢見た。彼の言葉を借りれば、「心の中に外国を作り上げようとした」」と、そうして「村上はアメリカに対して抱く幻想を「仮想現実《バーチャル・リアリティ》」という言葉で表現している。「僕はこの現実を自分の中に作り上げるのが好きだった。たやすいことだった。僕は一人っ子だったから」」と。村上探訪記はまことに適切な理解に裏打ちされている。

しかし、それに加えて、私なら、堀の以下のシーンを想起していたに違いない。

関東大震災の翌年の一九二四（大一四）年六月、堀は最初のエッセイ「快適主義」を次のように書き出している。

諸君は奇怪に思はれるかも知れないが、私はベースボールを見ながら哲学的思索をしてゐる者である。布衍して云ふと、ベースボールはいかに人生を快適に生くべきかといふ定理を、その溌剌たる無言のうちに解説してくれる。そしてこの人生定理こそ、若い私の欲求してゐる処世哲学の全体だからである。

ベースボールを見ながらの哲学的思索として「いかに人生を快適に生くべきか」の定理を解説する。それはいかに小説を書き表すかの定理でもあったと。一九二九（昭四）年の「新潮」に初登場した『不器用な天使』にも、川端康成、横光利一らと出した「文学」の創刊号の巻頭を飾った『眠つてゐる男』にも、野球場が登場する。村上同様に野球が堀の生命のリズムに適っているのだ。そうしてその方法は人生の「仮想現実」化だった。「仮象的孤児の説話」というのが私の説だが。村上はイアンに自分の父親について話しはじめた。

父親とは今では疎遠になっており、滅多に会うこともないということだった。父親は戦前は将来を期待された京都大学の学生だった。在学中に徴兵で陸軍に入り、中国へ渡った。村上は子供の頃に一度、父親がドキッとするような中国での経験を語ってくれたのを覚えている。その話がどういうものだったかは記憶にない。目撃談だったかも知れない。あるいは、自らが手を下したことかも知れない。ともかくひどく悲しかったのを覚えている。

と。そうして「父にとっても心の傷」であることが、「僕の血の中には彼の経験が入り込んでいると思う。そういう遺伝があり得ると僕は信じている」と語ったという。その翌日電話で、父親のことを語るつもりはなかった、あのことを書きたてないでくれ、と言って来たという。さらにもうひとつ語ったという。「僕は事実を知りたくない。想像力の中に閉じ込められた記憶がどんな結果を生み出すのか、それだけにしか興味がない」と。イアンはこれを、「村上の個人的な記憶、心の傷、想像力、そして祖国の運命が絡み合って、彼のフイクションに情熱を注ぎ込んだのだ。」と解釈しているのは貴重である。

しかし、私はさらに、先の堀の「父の死後」の「死んだ父が自分の本当の父でなかつた事」を聞かされた記述に続いて、「それらの話の中には、私がこれまで自分の幼時についてさまざまに想像し、工夫し、それを自分自身でもいつか信じ出して、かうやつてまことしやかに書き綴り書き綴りしてきた思ひ出とはかなり違ふところがあつた」と綴る事実の想像と記憶の操作が村上のそれにさも似ていることを思いやる。

また、藤井省三『村上春樹のなかの中国』（二〇〇七・七）で引用された一九九八年八月台湾「中国時報」の東京特派員洪金珠によるインタビューにも、

そのほか、僕の父は戦争中に徴兵されて中国大陸に行きました。父は大学時代に徴兵されて兵隊となったのでして、父の人生はあの戦争のために大きく変わってしまいました。僕が子供の頃の父は決して戦争のことは口にしませんでしたが、しばしば中国の風土や民情を話し

ていました。「中国」は僕にとって実在するものではありませんが、しかしとても大事な「記号」なのです。

とある。さらにまた内田樹『村上春樹にご用心』(二〇〇七・一〇)は、「「父」の不在」と題して、「村上文学には「父」が登場しない。だから、村上文学は世界的になった。」とし、次の命題を提出する。「存在するものは存在することによってすでに特殊であり、在しないものだけが普遍的たりうる」と。父は社会の秩序の保証人であり自己実現の妨害者である。だからドメスティックな文学の本道は「父」との確執を描くことである、しかるに村上は父の不在から出発したと。そうした内田の言説を堀の文学に振り向けたいことしきりである。

堀辰雄

堀辰雄が「父」について生い立ちの事実について決定的な告白をしたのは、一九三九(昭一四)年四月、連載中の『幼年時代』においてだった。堀三十五歳の春。「決定的な」といったのは、いうまでもなくそれまでも堀は様々な発言をくりかえしていたから。しかし実父の存在をあからさまにすることはなかった。「最初の記憶」と題して、

一九〇四年の冬のある日に、私は向島小梅町の、土手下の小さな家に生れた。父はずつと横浜の方に行つたきりで、私は母やおばあさんの手だけで育てられた。しかし、その土手下の小さな家は、私には殆ど何んの記憶も残してゐない。

と書き出した『幼年時代』を、「(幼年時代第一部畢)」と付記する「花結び」で、「「人生の最初

の十年間において愛し、為したものを、人々は常に愛し為すであらう」とハンス・カロッサは彼の「幼年時代」の序文に書いてゐる。私は十二月生れであるゆゑ、小学校にはひつたのは八歳のときであつた。私のやうな一人つ子の上、内気な、甘やかされ過ぎた、そして反つて孤独な性分を帯びだしてゐた少年にとつては、」と語り出して、自分の持物に署名するときの「私は何か自分の見知らない、そして両親のとは異つた苗字を持てあまし、自分の持にそれを附けるのを恐れるやうに、何も書かうとはしなかつた」という痛切なシーンに入って行く。そうして、先の、最近、「父の死後」のあの生い立ちの事実の告白に及ぶ。これに対して、最近私は次のように断定するに及んだ。

生い立ちの事実を聞かされる前から、

彼は本当の父が別にあることを独特のありかたで感知していた。

知って生きることを方法化した。

それが奇しくも日本文学の受容の文法（エクリチュール）にかなった。

『堀辰雄　人と文学』（二〇〇四・一二）のカバー左折り込みに掲げた言葉である。これが、かつて『堀辰雄の文学』（一九八四・三）を世に著して二十数年来、生い立ちの事実をめぐる堀の意識とその表現化について思考をめぐらしてきた私の結論だった。その間に、江藤淳の『昭和の文人』が連載され『堀辰雄の文学』の『聖家族』論が大幅に引用されるという出来事に出合い、光栄を感じたのと裏腹に困惑を感じたのだった。私は折にふれて言及はしてきたものの本格的な対応をせずにやり過ごしてきたのだった。外ならない、そこに一種の解決困難（アポリア）が横たわっていたから。堀がおのれの生い立ちの事実をどう受け止めていたか、わけても父を、父上條松吉とは別に「本当の父」があることを本当に知らなかったのかという疑問、知っていたとすればどのように知ったか、それはいつか、という問題だった。

しかし拙編『堀辰雄事典』（二〇〇一・一二）に私が依頼した巻末の谷田昌平「訂補堀辰雄年譜」には、江藤の「『昭和の文人』の堀辰雄」では、知っていた、熟知していて「嘘」をついたという論断が出ていたにもかかわらずなお、次のように記されている。明治四十一年（一九〇八）四歳、「母は辰雄をつれて、向島中ノ郷町三二に住む上條松吉に嫁した。義父松吉は明治六年四月十日生まれ、彫金師で寿則《としのり》と号した。辰雄は義父松吉が亡くなった（昭和十三年）のち、母の妹横大路よしから自分の生い立ちを教えられるまで、松吉を実父、堀浜之助を名義上の父と信じて、疑わなかった。」と。谷田は『濹東の堀辰雄―その生い立ちを探る』（一九九七・七）において、新資料をも加え、あらゆる自説を覆すような反証をも誠実に検討した果てに、かつてと同様の結論を出した。それは福永武彦が『内的独白』（一九七八・一二）において下した結論とほぼ一致する。『内的独白』は、すでに定説化していた谷田昌平作成年譜から出発し、これを転覆するような佐多稲子の堀の「嘘」発言――佐多の「群像」の佐々木基一・小久保実との座談会「昭和の文学―堀辰雄」（「群像」一九七五・四）及び「文芸」連載の『時に立つ』（「その一」一九七〇・一）における福永の要約するところの「堀辰雄は上條松吉を父とし志気を母として暮すうちに（自分ひとり姓が違つてゐたにも拘らず）義父を実の父親と信じて疑はなかつた。母が大震災で死んだあと親子はむつまじく暮し、昭和十三年十二月十五日に父が死亡した後に、母の妹である叔母から初めて実の父親がゐたことを聞かされた、と「花を持てる女」の中に書いてあるが、これは嘘であり、私（佐多稲子）は昔から現に堀と共にゐる人は義理の父親であることを知つてゐた。但し堀から聞いたのではなく仲間うちで暗黙のうちに承知してゐたのだ」――によってにわかに揺れ出したこの問題を、やはり不都合なあらゆる反証をも検証した果てに、谷田年譜を再結論としたのだった。福永は刊行の翌年夏没している。死を賭した懸命の遺言のような独白だった。そして谷田もまた、江藤が「『昭和の文人』の堀辰雄」で「嘘」とした断定の後にも、福永同様自説を再結論としたのだった。その上での『補訂年譜』には、しかし、筑摩書房全集別巻二「年譜」に次のような追補訂正をしている。「向島須崎町の」→「向島中ノ郷町三二」、「〃(小梅の父)〃」削除、「明治六年四月十日生まれ、」追補、「妹横大路よし」追補、「少しの疑いもいだかなかった」→「疑わなかった」改訂。また『幼年時代』における堀の「小梅の父」という特定の呼び名を省いている。「少し」とか、「少しも」といった程度表現を一切捨てて、疑いをいだいたか、いだかなかったかの論議の余地を奪って、単純に、「疑わなかった」と確定した。だから、これまた谷田の堀辰雄研究における遺言のごときものだった。私は堀への殉教のようなものと受け取った。

　それをして、なお、私は、先の『堀辰雄 人と文学』の前述の結論を提出したのだった。「生い立ちの事実を聞かされる前から、かれは本当の父が別にあることを独特のありかたで感知していた」と。今後の論議が待たれる。これは江藤の「『昭和の文人』の堀辰雄」の結論を再肯定するものだが、江藤の結論の意味づけ、用い方には疑義がある。そのことが先の困惑の最大のものでもあった。知っていたのは「熟知」ではなく、あくまでも「感知」であって、それは江藤のような堀否定評に結実すべきものではなかった。にもかかわらず江藤の堀否定評に引用された拙論の『聖家族』論ばかりでなく、『幼年時代』論もまた何らかのファクターを与えたのではないかという困惑だった。江藤のシャープで犀利な断定が私の困惑をさらに助長した。これでは堀の青春の劇が伝わってこない。それよりもっと肝心な堀文学の方法的制覇が伝わらない。それは現代日本文学生成の水脈において説かれるべきものであるはずだ、と。

それは煎じ詰めれば、文学の生成における「嘘」と「騙り」の機能的価値であった。それが村上春樹への射影につながる。

私の『幼年時代』論は、堀の生い立ちの事実にかかわる佐多の発言と福永の『内的独白』の間に挟まれて、当時の大森郁之助、池内輝雄らの意見を汲みつつも、次のような読み解きを示したものだった。その「一度も疑つたことがないほどだつた」発言を、「強調の表現内的意味内容」で「堀辰雄独得の婉曲的表現秘術」、つまり、「ほどだつた」の「程度措定」である、とした。「事実までも措定しきることはできない」と。これに対して江藤は一息に「想像し、工夫しまことしやかに書き綴つてきた思ひ出」のまことしやかなでっち上げたとしたのだった。その前にも、三島佑一が『堀辰雄の実像』(一九八七・八)「『幼年時代』実父養父をめぐって」(原題「堀辰雄『幼年時代』考」一九八六・一一）で、私の先の解釈を再現し「程度措定」を肯定しつつ、『花を持てる女』で「ほど」を取って「確定断定」にした上に「疑はなかつた」を二度くり返しあわせて三度も「疑ったことがない」を強調したのは、松吉が自分をほんとうの父と思ってくれたことを、「かはいさうだが、まあ自分にはこんなうれしいことはない」ともらしたという、「この言葉以上の重みをもって、堀辰雄自身が父に投げ返したものではなかったか」とする説も提出されていたのだが。しかし、江藤は知っていた、「熟知」していたと断定し、それは堀文学成立にかかわる瞞着であり贋、堀は偽物使いだとしたのだった。

しかし、そうした江藤説はひるがえって堀文学成立の意義そのままではないか。本稿冒頭に引いたエルサレムにおける村上の「嘘」を取り込んだ「虚構」の「真実」と同様であって、その生成の水脈においてたどられるものだ、と私は考える。

『昭和の文人』の堀辰雄

江藤淳も「無花果の木のある庭」で、『幼年時代』のおばあさんに牛の御前に連れて行ってもらった箇所を引用している。江藤の傍点の上に、さらに拙論の○点を加えておく。

《その神社の裏は、すぐ土手になつてゐて、その向うには大川が流れてゐた。おばあさんはその土手の上まで私の手を引いて連れていつてくれることはあつても、もしかして私が川へでも落ちたらと気づかつて、いつも土手のこちらから、私にその川を眺めさせてゐるきりだつた。さうしてゐても、葦の生ひ茂つた間から、ときどき白帆や鷗の飛ぶのが見えた……

子供の私はそれだけで満足していた。そして決して他の子供たちのやうにおばあさんの手をふりほどいて、もつと川のふちへ行きたがつたりして、おばあさんを困らせるやうな事は一度もしなかつた。》（傍点引用者）

私はこれをして、「「それだけで満足してゐた」という――自制的自足によって、幼年時代の「互にやさしく愛し合」うことも「その頃のとりとめのない幸福」も引き出される」と論じ、「だがこれはなんと限定的な満足と愛と幸福の像であろう。」と記した。江藤は、「「私」は、逆に限界を心得て自ら抑制していたのであり、その限界の自覚は、「子供たちの持つすべての未知なるものに対するはげしい好奇心」の充足を、「私」に断念させて余りあるほど深かったのである。」と記している。「自制」と「自ら抑制」、「限定」と「限界」、「自足」と「充足」、これは江藤が拙論をなぞったというより、当然のように把握が一致したといえよう。結果私は、これをして「仮象的孤児の説話」説を解いた。自己の物語の伝承化として。江藤は「それは眼に見えない禁忌によって境界を区切られ、黙契によって支えられているような時空間」と読み解いた。

また、「いま父のこしらへかけてゐる、まだ目も鼻もついてゐないやうな、そつけない人形の原型」を撫でる場面も引いている。

《……しばらくさうやつて撫でてかはいがつてやつてゐると、その異様に冷たかつたものが、ほんの少しづつ温かみを帯びてくる。そのほのかな温かみが――私自身の生《いのち》の温かみのやうなものが――子供の私にもなぜとも知れずに愉しかつた。……》（「無花果のある家」・傍点引

用者）

同様に○点は拙論から。私はこれをして、「「……を知ると、……だけで満足した」というある認知による欲望の自己抑制とそれによる自足という存在様式の基本型」がここでも保たれているとし、この「幼児のエロス感覚には、自閉的なまでの内感覚への執着が認められる」として、「自己自体内的官能の生誕を告げるひとつの説話」であるとした。江藤はこれをさらに、「堀にとって『幼年時代』を書くことは、あるいはこの「そつけない人形の原型」を撫でてやるようなものだつたのかも知れない」とし、「「異様に冷たかつたもの」が、「ほんの少しづつ温かみを帯びてくる」という意味において。そしてまた、そのうちに、あの「悲しみ」が、禁忌と黙契の拘束による「嘘」を媒介にして、いつしか「やさしく愛し合」う虚構に転化されて行く」と論じている。

そうして江藤は、「それにしても、『幼年時代』の作者が、父親が実の父でないことを知っていたという事実を隠しながら、というよりはむしろ隠すことによって、いかに多くのことを告白しているかには、驚くほかはない」と、堀の様々な生い立ちをめぐる言説を引き合いに、先の「花を持てる女」の「私はいつかう疑はなかつた」「私はそれをすこしも疑ふことをしなかつた」を引き、佐多発言以来の様々な反証、父松吉に対する青年の振る舞いを追究して、「したがって架空であり、虚偽の叙述である。しかし、重ねていえば、それ以上に重要なことは、作者がそれが虚偽であることを十分に意識した上で、そう記しているという事実だと言わなければならない。」と断罪している。しかし、現在も私は、「虚偽であることを十分に意識した上で」のこと、とは考えない。「そう記している事実」は、堀の虚実皮膜の内のことではないかと考える。江藤は、「『庭』と『家』——または『最初の宇宙』」のラストでも、「作者が事実関係でいかに韜晦《とうかい》しようとも、『私』がそのことを熟知していたことを、『幼年時代』の時空間の構成は、疑いようもなく明示している」としている。その江藤の「熟知」を、私は「感知」とした。その皮膜に堀は自己の幼年時代を生成したのである。

さらに江藤は「任意の父任意の子」で、拙稿『聖家族』論を真っ向から引用したのであった。そもそも「『昭和の文人』の堀辰雄」は、平野謙、中野重治を論じた後に、「ところで、中野重治『年譜』の昭和二十八年（一九五三）の項には、『五月、堀辰雄死去、追分での火葬に立ち会う』という記事がある。」と書き出す。その「ある種の感慨」の中身を、「私自身、ある時期堀辰雄を耽読《たくどく》していたことがあったからである」と打ち明ける。「それは昭和二十七年（一九五二）五月から二十九年（一九五四）八月までの短い期間で、高校三年で結核のために一年休学したのち、復学して大学二年で再発病臥《びょうが》するまでの二年余り」と特定し、しかし、「慶応英文科の二年になっていた昭和二十九年（一九五四）六月のある朝」、喀血、病臥。「私は堀辰雄が全然読めなくなっていた。『ルウベンスの偽画』とはよくいったものだ、どれもこれも『偽画』ばかりじゃないか、と思うようになったのだ。」と告白する。われわれはその後の江藤が、夏目漱石論によって批評する「私」を確立し、小林秀雄論によってその批評文学を展開したことを知っている。しかし、その前に、堀への親炙と堀からの離隔があったことは、それほど知られてはいなかった。それは、拙著の「堀辰雄における古典主義の位相」および「堀辰雄における国文学的邂逅」に引いた三島由紀夫の「自己改造の試み」（一九五六・八）に明かされる三島の堀への感性的親和性と「感受性への憎悪愛《ハース・リーベ》」に見合うことは、さらに知られること些少といわざるをえない。三島はそこで「堀辰雄やラディゲは、決してただ単に感性的な作家とは考へられず、ラディゲはむしろその反対であるが、少年期の私は、少年らしい感受性にとつて、ただ感受性的に二作家の影響をうけてゐた。」と記す。それは、おおまかにいって現代日本の文学批評の主流となる小林が「様々なる意匠」（一九二九・八）で同時代の新感覚派の流れのモダニズムとプロレタリア文学の流れのマルキシズムを「意匠」として離隔し、返す刀でランボーの世紀末的感性は志賀直哉の私小説的リアリズムの極化に、いわば「ウルトラ・エゴイズム」に聯繋しているとして自己の文学批評の確立に重ねたことに相似する。小林はそれを昭和文学の出発において、江藤はそれを戦後文学のそれにおいて展開した。そのために堀への「憎悪愛」が必然的に生じた。

　さらに江藤は、堀の「詩人も計算する」の「僕らの古典主義」からの「それがコクトオやラジゲの作品になると、ほとんど告白らしいものが見出されない。作品が現実から完全に切離されてしまつてゐるのである。さういふものに僕らはもつとも深く感動される」（「詩人は計算する」）を引いた後に、「この点で、示唆《しさ》に富む手掛りを提供しているのは、竹内清己氏『堀辰雄の文学』所収の『聖家族』論である」として、私の「方法の制覇」と副題された論文の冒頭に引いた『聖家族』の冒頭の、「死があたかも一つの季節を開いたかのやうだつた。」を引く《この一文は、そしてその文頭の一語「死」は、作品世界の開示であるとともに、作品全体の初発的原型を示している。それは作品を導く統辞論的主語であり、謎《なぞ》かけの初源であり収支決算である》の引用から入っている。その引用文の直後には、私は「つまり大正文学（史）の「死」と、その「死」からの昭和文学（史）の誕生—再生の季節更新に似た祭儀的意味をになった文表出であると思われる。」と続けたのだった。江藤はさらに続けて次の長い引用を行っている。

《さらに戦略的方法ということでは、文体についてもぜひいわれなければならない。というのは、作者自身が巧妙に文体のなかにまぎれこんでいるからで、文体を統括する措辞、つまり文法を握っているのである。冒頭文をもう一度引用する。

「死があたかも一つの季節を開いたかのやうだつた。」

「あたかも……かのやう」と判じ推す主体とは何ものであろうか。何ものとも一般化できて、それは窮極作者であろう。同じく第一章末文の、「……その見えない媒介者が或は死であつたからかも知れないのだ。」の「或《あるい》は……かも知れない」と判じ推すもの、さらに作品全体の結文の、「……幼児のそれに似てゆくやうに思はれた。」の「……やうに思はれた」その「思はれた」のはだれによってなのか、つまり「やうに思」うのはだれかということ（これについては後にも言及する）は、やはり一般であって、窮極作者自身に収斂するものであると思われる。認識主体の一般化でもって、もはや主観をはなれた客観化を得、その実、神にも似た必然として背後の「私」を認知者として置きなおすのである。（中略）日本文脈における主格表現のあいまいな特質と、欧文脈の、たとえば英語のlookとかlikeとかasとかの用法をつきあわせて成ったようなこの文体機構の獲得は、堀辰雄の文学の成立そのものをになう一戦略兵器といえるほどの発明（原文傍点）であったと思われるのである》（傍点引用者）

文体機構――、江藤はこの指摘でとりわけ重要なのは、「「作者自身が巧妙に文体のなかにまぎれこんで……文法を握」り、「神にも似た必然」として作品世界を「背後」から自由に操作している、という点である」として、それこそ「僕らの古典主義」の精髄であり、彼が「世間を「騙《だま》」すために案出した文学的からくり」であって、作者が「作品の統辞機構の頂点」を占めてしまえば望むままに「任意の何者にでも変身でき、その周辺にいかような人間関係をも仮構できる」はず、と見事な論理のシュプールを描いている。任意の父は死んだ「九鬼」、任意の子は「河野扁理」となる。しかし、江藤は、ラディゲの『ドルジェル伯爵の舞踏会』で採用した「擬古典主義的技法の権威」を堀が利用し、「作者の「私」を「死」で置換し、作品の「背後」にものの見事に自己を隠蔽《いんぺい》したように見えるが、「いささかたりともこの作品の「文学的真実」を保証し得たわけではなかった」とする。果たしてそう言いきれるだろうか。その「文学的真実」を保証したのが堀の「方法の制覇」だった。さらに江藤は、具体的な分析に入り、「軽井沢のマンペイ・ホテル」と「本郷の古本屋」以外、一切地名の特定されていないことを指摘し、「かかる架空の時空間の内部で展開される「心理」とは、必然的に始終擬似的な架空の心理以上のものにはなり得ず、人生上の真実とも文学上の発見とも程遠いものでしかあり得ないのではなかろうか。要するにてっとり早くいえば、ここに「「嘘」以外のいったい何があるのだろうか？」と、断罪する。

人生上の真実――、真実の計算法……それは村上春樹の『世界の終りとハードボイルド・ワンダーランド』で計算士の争奪がシリアスに行われる理由でなくてはならない。

江藤はさらに、『聖家族』の末尾を引いて、「竹内氏の指摘する通り〝聖母子〟であって、かならずしも〝聖家族〟ではないような印象」として、「だが、世間、つまり読者はともかく、片山廣子・總子の母娘だけは、堀辰雄の「嘘」を許容もしなければ、その文学的技法に「騙」されもしなかった。いうまでもなく、そこには彼女たちの女性としての誇りを逆撫《さかな》でにする、虚偽と鈍感さが顕示されていたからである。」とこの章を閉じている。片山広子・総子母娘の女性としての「誇り」は、江藤自身がおのれの生い立ちに見出した「誇り」だったのではないか。いわゆる山本実『物語の女　モデルたちの歩いた道』（一九七九・一二）、近年の川村湊『物語の娘』（二〇〇五・五）の明らかにするところの母娘のそれだった。

村上春樹への射影

江藤淳の「『昭和の文人』の堀辰雄」は、村上春樹への射影を証す。村上もまた福沢諭吉の『文明論之概略』の「一身にして二生を経るが如く一人にして両身あるが如し」の典型的な作家である。彼の場合は中野重治のドイツ文学やロシア文学、堀のフランス文学に対して、アメリカ文学、とくにアメリカ現代文学によって新たな「生」と「身」をもった。しかし遠ざけたもう一つの日本文学の「生」と「身」は、時が経つごとに村上にわだかまって新たな伝承をはらんでいる。その証左は、自己の生い立ちの事実への接近、ことに父への接近とその文学的方法だった。拙著『堀辰雄人と文学』のもう一つの結論を村上へ重ねてみたい。そのカバー右折り込み。

人生は一つの小説でありたい。
東京下町、軽井沢、信濃・大和の旅人として
モダニズムの尖端から鎮魂・回帰を生き、世紀を超えて静かに燃える堀辰雄文学。

小説とはフイクション（虚構）である。「モダニズムの尖端から鎮魂・回帰を生き、世紀を超えて静かに燃える」、これを村上に置き換えて、ポストモダニズムの尖端から（日本の戦中と戦後からの）鎮魂・回帰を生きて、世紀を超えて静かに燃える村上文学、と。堀文学の場合の「世紀」は彼の没後の未来の世紀だが、村上文学は唯今現在の世紀である。

村上が早稲田大学に入学し、上京して『ノルウェイの森』などにしばしば描かれる目白の元細川藩邸に建つ「和敬塾」で半年過ごしたのは一九六八（昭四三）年十九歳、この年川端康成がノーベル文学賞を受賞し、二年後のセンセーショナルな三島由紀夫の割腹自殺があり、さらに一年半後の川端の自殺があるといった死の匂いのする殺伐とした転換期だった。村上自身全共闘とその挫折からの「生」と「身」の処方が必要だった。文学界では内向の世代の文学を迎えていた。その時点での村上の文学上の自己決定は、大正末期の堀の自己決定と相似するものがあったのではないか。とくに生い立ちの事実との離隔において。堀は先の「快適主義」のラストに、「一た

い人生が何を私に約束したといふのか。それは、生存といふ苦しい課題でなくて何んであらう。それに対して、私はいま人生に約束してやるのだ。快適なる生活を！」と記した。このニーチェやショウペンハウエルの厭世哲学の影響を、ただちに村上に重ねることは出来ないが、しかしアメリカの野球哲学による快適主義の人生定理は、驚くほど似ている。そこに生い立ちの事実の処方があった。江藤は、架空の時空間を真実に置き換えては文学空間はもはや崩壊する、と言う。江藤はそこにとどまることに殉教した。しかし、そこから出発して人生に回帰する文学を二十世紀文学は可能にしたのではないか。もはや堀がそうであったように、村上はたじろがなかった。自己の文学生成の水脈をたどる。二十世紀の新文学の新しい仮構のリアリズムによって培われた「受容の文法」は、生い立ちの事実も「父」をも受け入れてもはやたじろがない。「仮象的孤児」の「仮想現実」に生きた一人っ子。それが堀であり、村上だった。村上は戦後文学批判の終わったところから出発した。その点広義の意味で村上は、転向を前提として出発したといえる。戦後派文学以後の第三の新人にならい、全共闘の争乱の後の内向の文学にならって。だから大江健三郎のように「遅れてきた青年」と自らをいう必要がなかった。アメリカコンプレックスのインポテンツ青年ではなく、ハンフリー・ボ・ガートのような話し方で時の必然（？）次第で女の子といくらでも寝る青年を描いた。しかして現在、戦後、さらに戦中・戦前の鎮魂に向かっている。江藤が評価した中野の転向を例に取れば、「歌」の「お前は歌うな／お前は赤ままの花やとんぼの羽根を歌うな／風のささやきや女の髪の毛の匂いを歌うな」と禁じて、他方、「もつぱら正直なところを／腹の足しになるところを／胸先を突き上げてくるぎりぎりのところを歌え」と命じる、そうした自らの抱えていた抒情をあえて禁じることを要しなかった。堀が『幼年時代』の「赤ままの花」で、「その詩独特の美しさは、それは決してその詩人が赤ままの花や何かを棄てたからではなく、いはばそれを最後に歌ひ棄てようと決意してゐたところに、——かへつてこれを最後にと赤ままの花やその他のいぢらしいものをとり入れてゐるために——そこにパラドシカルな、悲痛な美しさを生じさせてゐるのにちがひないのだ」とした中野の「風のささやき」は、『風の歌を聴け』の「風」に通って、「パラドシカルな、悲痛な美しさ」をもって戦後の文学的現実を「歌」にしたのだった。それは、堀の芥川文学の世紀末の悪鬼にブレーキをかけ、再び出発させるに似た。人はその転身を甘いという。しかしその甘さが可能にした文学の領土拡張をいよいよ認めなければならない段階にきたのではないか。それは、初期三部作以後の、『世界の終りとハードボイルド・ワンダーランド』から『ノルウェイの森』を経て、本年六月の『1Q84』が如実にあらわしている。

二、リアリズム、フォニー

村上春樹

村上春樹は一九七九（昭五四）年六月、「群像」新人文学賞受賞作品『風の歌を聴け』をもって登場した。当時の文学界はリアリズムとフォニー、サブカルチャーをめぐる論争の中にあった。

結果的には昭和の終焉・平成の出発に十年を残し、その後の二十世紀の終焉・二十一世紀の出発にさらに十年余りを残した時期だった。「選評」のメンバーは本稿にとってまことに適宜なものだった。佐々木基一は「近代文学」に戦後最初と言っていい堀辰雄論を書いた評論家、佐多稲子は堀の友人「驢馬」の仲間で先の生い立ちの事実に問題提起をした作家、島尾敏雄は『夢の中の日常』など堀と共通するテーマを追求した第二次戦後派作家、丸谷才一は当面する江藤淳から辻邦生らとともにフォニーと論難されていた作家、吉行淳之介は江藤も村上もアメリカで講義で扱った第三の新人を代表する作家である。佐々木の「非常に軽い書き方だが、これはかなり意識的に作られた文体で、したがって、軽くて軽薄ならず、シャレていてキザならずといった作品」の評、佐多の「若い日の一夏を定着させたこの作は、智的な抒情歌」の評も示唆深く、島尾の評の「ハイカラでスマートな軽さ（中略）筋の展開も登場人物の行動や会話もアメリカのどこかの町の出来事（否それを描いたような小説）」とは、アメリカをフランスに入れかえれば、堀の『ルウベンスの偽画』や『不器用な天使』評に紛うもの。ことに丸谷の評の「昔ふうのリアリズム小説から抜け出さうとして抜け出せないのは、今の日本の小説の一般的な傾向ですが、たとへ外国のお手本があるとはいへ、これだけ自在にそして巧妙にリアリズムから離れたのは、注目すべき成果」とは、当面する江藤のリアリズム論、フォニー論への回答というべく、「日本的抒情とでも呼ぶのが正しいやうな趣（中略）この日本的抒情によつて塗られたアメリカふうの小説といふ性格は、やがてこの作家の独創といふことになるかもしれません」の予測は、以後の村上文学の現在・未来を捉えた本質的評価であった。さらに吉行の評の「乾いた軽快な感じの底に、内面に向ける眼があり、主人公はそういう眼をすぐ外にむけてノンシャランな態度を取ってみせる。そのところを厭味にならずに伝えているのは、したたかな芸」とは、堀に小説手法で影響を与えたのは、芥川龍之介や室生犀星や萩原朔太郎である以上に、ノンシャランに書かれた佐藤春夫の小説だった（拙著『堀辰雄と昭和文学』「夢見心地への魅惑―堀辰雄における佐藤春夫」）ことに繋がる評価であった。

われわれは村上の登場と村上の現在・未来をふまえて、坪内逍遙・二葉亭四迷からではない森鷗外からの出発、志賀直哉からではなく谷崎潤一郎、佐藤春夫からの近現代文学史の可能性を考えなくてはならなくなる。リアリズムからの離陸という新しいリアリズムの可能性のために。その点で、『世界の終りとハードボイルド・ワンダーランド』の谷崎潤一郎賞（一九八五・一一）の丸谷の「この作家は世界からきちんと距離を置くことで、かへつて世界を創造する。（中略）無としてのメッセージ伝達者であるふりをして、しかし生きることを探究する」といった評を、「距離」や「ふり」をどこまで許容するかどうかは別として、フォニー作家同士の褒言と受けとめるべきでない。

ゆえに、江藤の村上への評言が待たれた。しかし遂に江藤はそれを見える形で行わなかった。行わないことを意志したと言っていい。そうして自殺した。死はいつでも自己証明である。とくに自死は芥川もそうだし、三島も川端もそうだった。

堀を軸とした江藤のフォニー論は、反転する。反転を頑なに拒んだのが江藤の真実だったが。

江藤の堀否定評は、そのまま江藤の秘匿した村上否定評に措定されていた。

そもそも江藤は最初の長篇エッセイ『作家は行動する』（一九五九・一）の冒頭の「言語と文体」で次のように記している。

だとすれば、自分の生きかた、つまり存在や行動の問題をおいて、どこに本質的な問題があるか？「技術批評」＝「本質論」という等式をかくことは、「非存在」＝「人間」というような等式を仮定することと同じであって、このような思想の根底には、本質的に無責任な、自分の存在を解消しようというずるさがある。

ずるさ――ここに江藤の嫌厭するものの基本形が明らかにされている。『リアリズムの源流』（一九九八・四）所収「中野重治の小説と文体」（一九六〇・三）では、「豪傑」の「むかし豪傑というものがいた／彼は書物を読み／嘘をつかず／みなりを気にせず／わざを磨くために飯を食わなかった／……」を引き、「この見事なパラドックスでは、道徳律を語ることがそのまま「暗さ」の表現になり、「暗さ」の表現がただちに戒律をかたちづくるという巧妙な交錯がおそらく自然に達成されている。」と、『昭和の文人』の中野褒評が先取られており、同書所収の「戦後文学と芥川龍之介」（一九六七・三）では、「戦後文学に対する芥川龍之介の影響を考える上で、堀辰雄という中間項の存在は重要である。私自身はやがて堀の希薄な世界にいたたまれなくなって夏目漱石まで溯行してしまい、『鼻』の作家を漱石のエピゴーネンと考えるようになったが、たとえば、「マチネポエティク」の作家たちは、多少とも堀辰雄の作品を通して芥川を見ていたといえるだろう。」と堀否定評の自己正当化をすでに果たしている。同書巻末の「発表誌・紙・書籍一覧」を見ると、発表が新しい二論の、「リアリズムの源流」（一九七一・一〇）を巻頭に、「〝フォニイ〟考」（一九七四・六）を巻末に配し、中に明治・大正・昭和の文学者を挟んでいる。こうした配列に同書の意図は瞭然とする。同書は昭和の終焉に際会しての出版だった。「リアリズムの源流」は、「日本の近代文学に、リアリズムというものはいつごろ定着したのだろう、そして、それはいまどこへ行ってしまったのだろう」という「ここ数年のあいだに、おりにふれて考えざるを得なかった」という問いに発して、リアリズム理論の先駆を坪内逍遙の『小説神髄』、二葉亭四迷の『小説総論』に、とりわけ二葉亭の「夫《そ》れ文章は活《いき》んことを要す」「文章活《いき》ざれば意ありと雖《いへど》も明白なり難く」に見出すところから検討に入って、高浜虚子の『俳句の五十年』の写生文に発した作家を夏目漱石、志賀直哉らに見出し、虚子の『落葉降る下にて』の、「凡てのものの亡びて行く姿を見よう。」に虚子にとっての「写生」の原義を見出したものであった。

　この「リアリズムの源流」から江藤のフォニー論が連動する。いわゆるフォニー論争は、「東京新聞」の座談会「文学73年を顧みる」（一九七三・一二・一一～一二）の江藤の発言を契機とする。秋山駿を司会に江藤淳、中村光夫、平野謙の有力メンバーで、いきさつは、平野の発言で、小川国夫の『或る聖書』は難解だがかえって遠藤周作の『死海のほとり』より本物じゃないかという気がするという発言に対して、江藤が「それがまた手だと思う。僕はそういうものを少しも信じないな」、中村が「そういう意味で今年や来年で解決しない大問題があると思う。つまり文学がホントであるべきかウソでよいのかという……」と答え、平野の「ウソでいいんだけどね」及び「ただ作家のありかたとしてどうも井上（＊光晴）さんや遠藤さんにはうさん臭いものがある」に対して、江藤が「遠藤、井上両氏だけが矢面に立つのは少し気の毒だ。辻邦生、加賀乙彦、小川国夫の〝73年三羽カラス〟も同様ですな。三人はフォニー（PHONY）であるゆえに持てはやされている」と断ずるに及んで発せられたものだった。これに江藤の「リアリズムの源流」の子規、虚子以来の写生文と志賀的リアリズムと瀧井孝作の『俳句仲間』が引き合いに出されているのは興味深い。その後に、佐伯彰一の「現代文学における「真贋」」、瀧井孝作・江藤淳の対談「写生文の可能性」、平岡篤頼「〈フォニー〉とは何か？」「まがいものの真実―『たった一人の反乱』について」があって、江藤の「〝フォニィ〟考」（一九七四・六）が書かれる。それは、フォニーをめぐる様々な論説をうけて、ウエブスターから、形容詞は「空っぽで見せかけだけの。インチキの、もっともらしい」で名詞は「いかさまでもっともらしい人あるいはもの。ごまかし、にせもの」というほどの意味で、「反義語はリアル」であって、子規や虚子は「リアリズムの方法を探求し、実践した」と、ウエブスターのヴァン・ルーンの文例の「《内に燃えさかる真の火を持たぬまま文を書き詩を作る人間は、……つねにフォニイであろう》という意味において、〝フォニイ〟といったのである。」と結んでいる。

当時、戦後生まれの二十代の作家が活躍をはじめていた。一九七五・一〇の中上健次『岬』、一九七六・六の村上龍『限りなく透明に近いブルー』、一九七七・五の三田誠広『僕って何』、一九七八・六の中沢けい『海を感じる時』が文学賞を受賞する。そうした経緯を否定するように、江藤は、「毎日新聞」の「文芸時評」（一九七八・一一・二六、二九）を閉じる。閉じるに当たって末文に「以上、九年間を顧みて、小説がカルチュアの座から顛落し、サブ・カルチュアに低迷しつつあるという感を、ますます深くせざるを得ないのは遺憾である。」と記した。いわゆる江藤のサブカルチュアー批判に連動する文芸時評の擱筆であった。その翌年の一九七九年六月に、村上が『風の歌を聴け』をもって文学界に現れる。以後、一九八〇・一二の田中康夫『なんとなく、クリスタル』、一九八一・一二の高橋源一郎『さようなら、ギャングたち』、一九八三・六の島田雅彦『優しいサヨクのための嬉遊曲』が現れ、その間に村上の初期三部作は完成する。そうした文学状況において、それらの新興文学を批判し、村上文学にはほとんど無言を通した江藤に代わって、ここでは松本健一の「言葉の定型に潜む「国家」―三島由紀夫から村上春樹、島田雅彦まで―」（一九八四・一二）をのぞいてみよう。松本は、村上の『螢・納屋を焼く・その他の短編』（一九八四・七）について、「右翼に対するステレロタイプであるが、ただそのステレロタイプを紋切り型に描くことによって、村上はここにある滑稽味を漂よわすことに成功している」とし、「国旗とか国歌とかのもつ重大な制度的ナショナリズムに異議を唱えながら、いわば戯れとしていってみただけだ、と自己をも相対化するのである（中略）ここには「戯れ」によって、過去から現在に意味をもってきたものから意味＝価値を奪おうとする現代的な戦略がある」と評価する。これはいわば三島由紀夫の右翼から離反し、大江健三郎の左翼から離反を確保する立ち位置といえようか。「こういった〈物語〉の定型を、言葉の〝根〟に潜むナショナリティにまで遡って逆らおうとしているのが、島田雅彦であろうか。」と一九八四・六の島田雅彦『夢遊王国のための音楽』に及んでいる。こうした評価と無言の江藤の評価はどれほどの階梯があったのだろうか。

堀辰雄

一方、日本の一九二〇年代における堀辰雄のデビューはどのように果たされ、どのように受け入れられていたのか。その前に、師匠の芥川龍之介の生前の忠告をあげる。

この前君が小説を見せた時、「ハイカラなものならば書き易いんだけれど」と言つた。それに僕は「そんならハイカラなものを書くさ」と言つた。しかし今考へて見ると、そのハイカラなものと言ふのが写生的なものの反対ならばやはりどんなに苦しくつてもハイカラなものを書くよりも写生的なものを書くべきだと思ふ。その方が君の成長にずつと為になると思ふ。これは大事なことだから、ちよつと君に手紙を書くことにした。

まさに「ハイカラなもの」が「写生的なもの」に反対のものならば「写生的なもの」を書くべきとは、リアリズムから離隔することへの危惧だった。一九二五（大一四）年七月二十一日の堀宛書簡である。この危惧は堀の生涯に及ぶ忠告だった。堀は一九二九年「文芸春秋」二月号の『不器用な天使』をもって文学界に登場する、川端康成の「文芸時評―堀氏の『不器用な天使』」（一九二九・四）は、この作品についての室生犀星、宇野千代の「心理」の「速度」をめぐる賛辞に対して、比せられた横光利一に対してどうかと疑問を呈し、「これは形式に就ても云へる。原稿用紙に向つて作者は強烈な形式的努力を払つてゐたにもかかはらず、さて印刷された活字で見ると、それらの努力が細々と痩せてゐる——作者自らさういふ誤算に驚かなかつたろうかと思はせるところがある形式だ。作者の経験の不足よりも、小説家としての肉体的健康の不足のせゐではないかとさへ思はれる。」と結論した。小説家としての肉体の不足、それはフイクションの裏打ちの弱さをいったものだろうか。しかしこれが文壇の堀認知の契機となったのは確かだった。さらに川端は「「化かしと技術」について」（一九三〇・一）を書く。これは、堀が川端、横光らと創刊した「文学」の創刊号（一九二九・一〇）の巻頭をかざった堀の『眠つてゐる男』などについての片岡鉄兵の「少し大きな声で—化かしと技術」（一九二九・一〇・二〇）に対する反論だった。川端の反論から汲み取る片岡の批判とは、『眠つてゐる男』は「化かしと技術」から成るもので「愚にもつかない気持、病的な生活」「真理をゆがめるための技術」であると一蹴するものだった。まさに江藤の堀に対するフォニー批判に通じる。これに対して川端は、片岡がそう一蹴し、そう感じるところに「新しい健康」「真理をさぐる新しい触手」を感じさえする、としたもので、これまた、江藤の村上批判に対峙する丸谷才一の村上評価というものに相似する。

また、出世作『聖家族』（一九三〇・一一）については、横光の江川書房刊『聖家族』（一九三二・二）の「序」の「家族は内部が外部と同様に恰も肉眼で見得られる対象であるかの如く明瞭にわたくし達に現実の内部を示してくれた最初の新しい作品の一つである。」という賛辞が評価を決定する。その後、堀は『美しい村』『風立ちぬ』の連作を書いて行くのである。

『昭和の文人』の堀辰雄

堀辰雄が連作『美しい村』『風立ちぬ』を発表して自己の文学世界を完璧なまでに開示してから、半世紀をめぐって、江藤淳は『昭和の文人』の連載を開始した。そうしてその終章「文学的時間—その内と外からの崩壊」で、「堀辰雄の「嘘」について、貴重な証言を行っているのは、丸岡明である」と丸岡の「橙色の雁皮—浅間山麓の堀辰雄について」（一九六三・七）の「それほどその当時の堀辰雄は、総子さんのにくしみを買い、その重みに堪えきれぬ精神的な危機にいた」とか、座談会「堀辰雄の人と文学」（一九六一・三）での「なにかを愛するということの、ほんとうのところまでわからない人が、盛んに読むんじゃないですか。堀辰雄のちょっと使うある意味で妙な言葉が、堀辰雄ファンを作っているのじゃないか」といった発言をとりあげ、さらに、「以前私は、『聖家族』を論じた竹内清己氏の所説を紹介して」と、「「作者自身が巧妙に文体のなかにまぎれこんで……文法を握」り、「神にも似た必然」として作品世界を「背後」から自由に操作している」という指摘の重要性をあげ、「『聖家族』において、日本語の文脈に西欧語の物語話法《ナラトロジィ》を嵌め込もうとした。いや、むしろ日本語を用いて西欧語が確立した物語話法《ナラトロジィ》を、そっくりその儘摸倣しようとした」と論断している。そればかりか、さらに、堀は「日本語の物語《ナラティヴ》の構造を完全に破壊し、崩壊させようという不遑な企図を抱いていた」、「その文学的出発において、「ほんとうの道」から意図的に「逃げた」」と、感情的なまでの嫌厭を披露している。しかし、そうした「企図」や「逃げ」が完全に行われたとは、堀が自らの窮地をくぐりぬけたとは、賛辞に値するもので、江藤はそういう「企図」や「逃げ」に自らのシンパシーを通わせていたと推察することは可能でなかろうか。これは、逆説的な堀文学が可能にしたリアリズムの証しであり、フォニーであることで果敢に文学の現在を生きた堀へのオマージュではないか。先の『堀辰雄 人と文学』のカバーに私は「世紀を超えて静かに燃える」とは二十一世紀を超えることで、「彼は本当の父がべつにあることを独特のありかたで感知していた」と記したのだった。江藤の「このような文学的時空間の破壊のために費やされた堀辰雄の〝向上心〟――あの臆面もない出世主義と変身願望のエネルギー」については、『風立ちぬ』論に「支配の構造」という副題をつけた私にとっては、首肯できるものであり同時に堀の努力への賛辞に反転する誘惑をしたたかに味わうものであった。

その後、〝フォニイ〟は実に夥しい〝ポスト・フォニイ〟を増殖させつつ今日にいたっている。その間に「昭和」は改元されて「平成」の時代になった。「昭和の文人」は、既に歴史上の存在となったのである。しかし、中野重治が『五勺の酒』で提起した、その「あれ」の問題は、依然として残っている。それは、「昭和」が葬送されたのちにも、われわれの内の、外の問題として残りつづけているのである。

これが『昭和の文人』の掉尾の言葉であった。「その後、〝フォニイ〟は実に夥しい〝フォニイ〟を増殖させつつ今日にいたっている」その最も代表的なチャンピオンが村上であることは間違いない。江藤のリアリズム、フォニー論にしたがえば、だが。

村上春樹への射影

『昭和の文人』連載中も江藤がサブカルチュアー、フォニーと見なす作家の活躍があった。村上も長篇の一九八五・六『世界の終りとハードボイルド・ワンダーランド』、一九八七・九『ノルウェイの森』上・下、一九八八・一〇『ダンス・ダンス・ダンス』を書き下ろす。そのたびに、江藤の発言が求められた。が、芳しい答えはなされなかった。それでいて一九八八・七の高橋源一郎「優雅で感傷的な日本野球」の三島由紀夫賞の「選評」には「後生畏るべし」と題して、「もとよりこれは、単なる技法上の新しさにとどまらない。作者の批評と現状認識そのものの、鋭さ、新しさにほかならない。」と書き、わざわざこれに比べれば島田雅彦は、「堀辰雄の典型的な亜流」であって、「『未確認尾行物体』とは、約六十年を経過した『聖家族』の一変種」であって、「いわば〝フォニイ〟PARTⅡともいうべき変種であることは、今更つけ加えるまでもない」とつけ加えている。村上についても、同様のことを言いたいのであろうか。吉本隆明との最後の対談「文学と非文学の倫理」（一九八八年九月八日）では吉本の誘導に、「批評と小説というジャンルの枠を取り払ってみますと、両村上氏の文学、いま村上春樹さんの作品に——僕は不勉強で読んでいないものですから申しわけないのですが——、新しい愛の不能の形、不可能の形が出ているとおっしゃいましたが、それをあえてとあえて申し上げますけれども、両村上君の世界は大江君の世界をふっ切っているぞといわれた吉本さんのおっしゃり方と、大江君の最近の作品の世界は案外似ているのじゃないか、近いんじゃないか。」と吉本の『ノルウェイの森』についての「不可能な恋愛」を受け取っても、間接的に大江健三郎の世界との近似を言うにとどまっている。

これにいたたまれないかのように、吉本は「『ダンス・ダンス・ダンス』の魅力」（一九九九・二）を書いた。「作品の雰囲気、気分、こころよい流れ、抒情のリズムとメロディのようなものは、いったいどう批評の言葉にのせたらいいのか。じつはわからないままに書きはじめている」とことわりつつ、「主人公「僕」の魅力」「登場する女性の魅力」「その他の魅力」「物語としての魅力」を論じつつ、「この作者の喩の作り方がうまい。暗喩がたくさん連結されてひとつのおおきな作品の暗喩になり、ひとつの作品の暗喩は、逆に作品全体を指定する。この作者が現在でも崩壊や停滞をまぬがれている秘密は、この喩と作品の可逆的《リバーシブル》な過程にあるような気がする」として、〈死を予知している装置〉を見出し、「世界没落感や終末感が滑稽になって、まして世界救済感が見当ちがいの錯誤に陥っている現在を、幾分かは滑稽化し、幾分かは愉しく笑いとばしてしまわなければ、つじつまがあわないことを、この作者が見事に感受している象徴だ」と結論づけている。

『昭和の文人』の連載を終了した年、つまり昭和天皇が崩御し平成となったこの年、江藤は、四月『リアリズムの源流』、五月『離脱と回帰と 昭和文学の時空間』、『文学の現在』、七月『昭和の文人』と矢継ぎ早に刊行している。『文学の現在』は「あとがき」に「「文芸」の昭和六十三年春季号から同年冬季号までの一年間、私は四回にわたって対談を連載した」とあるので一九八八年のことで、「『昭和の文人』の堀辰雄」を連載中であった。また、『離脱と回帰と』は、インタヴュアーを富岡幸一郎とするもので、富岡の「インタヴューを終えて」によると、「六十年の荒廃」は昭和六十年八月八日軽井沢の江藤別荘、「近代とポスト・モダン」は昭和六十三年五月「週刊読者人」発表、「昭和天皇と文学空間」は本年二月十六日鎌倉・西御門の江藤邸であった。その「六十年の荒廃」で、富岡が、中村光夫が「占領下の文学」で「戦後の影響というものが出てくるのは、一九四〇年後半生れの人が二十歳ぐらいになる頃だと言った」、「そうすると第三の新人よりさらにあとの、村上龍とか村上春樹とかになってくる」とうかがうと、江藤は、「それはあなたのおっしゃる通りだと思います。」と賛同しながら、両村上を出さずに、「つまり三島さんの自殺と、それから川端さんの自殺という、二年おいて相次いで起こったこの二つの事件の意味がそこにある。大正末期から続いた日本の近代文学の貯金が、ついに二つの象徴的な死によって、完全に枯渇した」と答えている。つまり「枯渇」の在りようが、両村上の文学ということになる。また、「近代とポスト・モダン」では、「日本の近代というものの虚偽が、ポスト・モダンの言説の欺瞞と相俟って急速に露呈されていったここ三十年来の日本文学」という認識を示している。これは、『『幼年時代』の虚実』から「任意の父と任意の子」に入るまでの七ヶ月の長い間の発言だった。そうしてさらに最も長い十ヶ月間のあとの終章「文学的時空間—その内と外からの崩壊」までの間に、「昭和天皇と文学空間」のインタビューが行われた。一ヶ月前に昭和天皇が崩御し平成の時代に入っていた。その「フォニーとリアル」で、江藤は、「大正文学というのはシニカルだけれど、フォニーじゃないんですね。フォニーな文学というものは、昭和になって出来たんです。平野謙もフォニーの一人と言っていいかもしれない。堀辰雄はもちろんそうだと思う。そして、そのフォニーとリアルの間を血を流しながらさまよった巨人の一人が、中野重治だと思う」として、「中野重治の再発見」「モダニズムと転向」を論じ、堀を、「あの人も時世に合わせて自分を変えていっていますね。当然、虚構が作者を保証するという文脈で生きる人は、時世に合わせるんです。戦後ほとんど発言もせず、作品を残す前に病気でものが書けない状態になったのが、堀辰雄という人の正確な輪郭を読者に見失わせてしまった所以であって、しかしよく見ると、堀辰雄という人は、未だに夥しい影響力を及ぼしている」としている。私はこれをして堀否定評の裏に隠れた堀のオマージュと読む。村上も間歇遺伝のように堀文学を嗣いでいる。そうして「堀辰雄的フォニーの再生産」では、江藤の先の島田雅彦＝堀辰雄フォニー・パートII説が開陳され、最後に「逃げられない問題」では、富岡が、ここぞと、「任意の子」をもちだして、「まさに、子の文学ですね。任意の父と子でもあるし、父性の感覚が全く欠如したところで、子供だけが戯れている小説が――村上春樹の小説なんかを想定しているのですが――いま一方で、さかんに出ている」と村上を持ち出す。これは堀から村上への射影につながるのだが、しかし江藤は、「そうですね。これはもうちょっと拡大して言うと、やっぱりアメリカの占領を受けたということが、大きいことだった」と答えている。アメリカの占領に拡大して、村上のその名と小説を避けたとしか考えられない。意図的に。

二十世紀末も押し迫った一九九九（平一一）七月二十一日、江藤淳が自死した。その意味するところを今つまびらかにしない。当面言えることの一つは、江藤との最後の対談「文学と非文学の倫理」などでしばしば江藤に村上への批評をうながし、また様々な機会に江藤に代わって村上評を提出してきた吉本隆明という存在の重要性である。その点で吉本の大塚英志との対談集『だいたいで、いいじゃない。』（二〇〇七・七）は興味深い読み物となった。第二章「精神的エイズの世紀」（一九九七・一一・二八）で、吉本は「堀辰雄は、きっと江藤さんは若いときはたいへん好きだったんじゃないかと思うんです。だから逆に、こんどは厳しくなっちゃったということなんでしょうけれど、（中略）下町の職人の息子らしくあってほしいのに、フォニーというか、堀辰雄は西欧の心理主義的な小説の影響と模倣でもって自分の小説を書いてるじゃないかということで、だんだん江藤さんにとって、目障りになってきたというようなことがたぶんあるんだと思うんです」と言っている。さらに重要なことは、吉本が「江藤さんはどうしてもサブカルチャーっていうと冷淡になっちゃって、村上龍にも冷淡、村上春樹にも冷淡」になった、と言い、明白に次のように言い切っていることである。

だいたい日本の現在の文芸評論家のオーソドックス……といったらおかしいんですが、昔の純文学から出てきた文芸評論、つまり小林秀雄から出てきた日本の近代評論、そして現代評論の流れの中にいる限りは、そういう評価になるのもある意味では当然だということになるわけですね。そうすると、村上春樹にも村上龍にも、偽者じゃないか、擬似的なところがあるんじゃないかという評価が出てくる。

そこはサブカルチャーに対する理解、評価の分かれ道だと思うんです。昔の純文学畑から出てきた文芸評論家で、村上春樹も村上龍も評価するっていうことがちゃんとできてる人というのは、まず皆無に近い。

私が○点をほどこした「小林秀雄から出たきた日本の近代評論、そして現代評論の流れの中にいる限りは」という限定は、江藤の場合に匹敵してきわめて重要である。また、第三章「天皇制の現在と江藤淳の死」（一九九九・九・三〇）で、大塚が江藤の没後に、江藤淳、本名江頭淳夫の誕生が自筆年譜の昭和八年のままにされていたが、昭和七年の十二月二十五日であったことが判明した点について、「江藤淳さんが年齢の一歳違った来歴を放置していたということに関してですが、これは少しテーマがずれるかもしれないんですが、近代の日本に来歴否認というか自分の父親母親が本当の親ではないとか、自分の血筋はこの血筋ではないんだという人が何人かいます」と折口信夫、柳田国男に及んでいることは、江藤の堀否定評の感情的なまでの口吻に照らして重要である。文学者の「来歴否認」の指摘に重なる。江藤の「年齢詐称」「虚構」に繋がることの示唆である。村上にもそうした傾きはなしとしなかった。大塚の「一方では堀辰雄をたたきながら片一方では「文芸」新人賞の選考で最もサブカルチャー的なもの（＊田中康夫『なんとなく、クリスタル』）を誉める。で、ある程度自覚的にサブカルチャーを扱っている村上春樹はぴしっと否定してしまうんですね」という発言も面白い。大塚は『江藤淳と少女フェミニズム』（二〇〇一・一二）でも江藤と村上の関係を論じている。

二十一世紀に入って村上研究は、村上と江藤の関係の深さを測定し、村上の日本及び日本文学文化の近接を（も）明らかにすることに向かっている。むろん、初期の村上研究に先鞭をつけたアメリカ文学研究者の村上論の進展があった。柴田元幸・沼野充義・藤田省三・四方田犬彦編『世界は村上春樹をどう読むか』（二〇〇六・一〇）のアメリカ、西欧、中国を初めアジアと国際化していく。これに拮抗して日本化が立ち上る。井上義夫の『村上春樹と日本の「記憶」』（一九九九・七）はその先駆けといえようか。ここで加藤典洋編著『イエローページ村上春樹2』（二〇〇四・五）の「コラム・村上春樹と江藤淳」を引いておく。

大塚英志が吉本隆明との対談で「村上さんて江藤さん的」と言っている。「二人ともフィッツジェラルドがいたからってプリンストン大学に行って、そのとき日本語で喋る自分を発見して帰ってくる。しかも、（中略）村上さんは、アメリカで江藤さんの『成熟と喪失』をテキストに戦後文学を論じたりしてしまう」（『だいたいでいいじゃない』文藝春秋）。たしかに二人のあいだには符合するものが少なくない。
① ともにプリンストン大学で教鞭をとった（江藤：一九六三～六四年、日本文学を担当／村上：一九九二～九三年、大学院で日本文学を担当）。
② ともに帰国後アメリカ体験のエッセイを上梓した（江藤『アメリカと私』／村上『やがて哀し

き外国語』）。

③　ともに帰国後、第三の新人に関する本を上梓した（江藤『成熟と喪失』／村上『若い読者のための短編小説案内』）。

④　『成熟と喪失』で江藤は、遠藤周作『童話』を紹介する中、遠藤作品に出てくる「カラスという少年」に言及している。村上の『海辺のカフカ』にも「カラスと呼ばれる少年」そしてカフカ（チェコ語でカラスの意味）が出てくる。

⑤　同じく『成熟と喪失』の最後に、「不寝番」のモチーフが出てくるが、村上の「蜂蜜パイ」の最後にもこの寝ずの番のモチーフが現れる。

恐るべき村上と江藤の関係性である。それでいて江藤は自己の村上評を封印した。

さらに、坪内祐三の『アメリカ　村上春樹と江藤淳の帰還』（二〇〇七・一二）が出ている。また日本文学文化の関係では、『村上春樹の隣には三島由紀夫がいつもいる』（二〇〇六・三）がでている。そのカバー右折りに、

「作家の発言は多かれ少なかれみんな嘘だと思っています」。そう語る本人が25年間ついてきた〈嘘〉――「日本の小説はほとんど読まなかった」。作品にちりばめられた周到な仕掛けに気づいたとき、村上春樹の壮大な自己演出が見えてきた。しかしそれは読者を煙に巻くためだけではない。暗闘の末に彼が「完璧な文章と完璧な絶望」を叩き込まれ、ひそかに挑ん

できた相手はだれか？　夏目漱石、志賀直哉、太宰治、三島由紀夫……。

とある。「語る」ことは「騙る」こと。「嘘」は村上自身のスピーチで「小説家はうまい嘘をつくことによって、本当のように見える虚構を創り出す」（「壁と卵」）と発言している。「嘘」と「虚構」に立ち止まったシリアスな批評の水脈がもとめられる。半田淳子の『村上春樹、夏目漱石と出会う日本のモダン・ポストモダン』（二〇〇七・四）も出た。そうした流れであって、そうした本が今後どしどし書かれるだろうし、書かれるべき村上文学ではある。

＊

作家は、しばしば「父」なる存在（父／師）を超克（殺す、隠す、どんな形であれ）することで自らの立ち位置を確立する。そうした自明の理はさることながら、重要なことに、生い立ちのトラウマを抱え込んだある種の作家たち（堀辰雄や村上春樹など）は、フォニーをあえて装い演じることで、父に対するアンビヴァレントをいったん抑圧する。あるいは、フォニーこそが父との葛藤の刻印であるといってよい。しかし、ある時の訪れ（作家にとっての文学生成機構の変容、社会的歴史的認識の成熟など）とともに、抑圧してきた父の影を自らの文学に差し戻す作業（想起による鎮魂・回帰など）を行う。私はそうした文学生成の経緯を通して堀と村上と両者を激しく否定した江藤の不思議な結びつきを射影し、日本現代文学生成の水脈を指し示すことになった。

父を語ったあとの堀は、幼児に実父を喪い、実母を震災で喪っていたが、ここに養父を喪った堀は、生い立ちの事実の一切を告白し、新たに生起した結婚者としての人生を歩んでゆく。それが後期堀辰雄の文学だった。村上のこのほどのエルサレムの国際的舞台における父および生い立ちについての告白は、あるいは想像以上の契機を後に残すものであったかもしれない。以後の文学に新たな展開を見せるに相違ない。戦後文学の脱構築的継承（それはすでに現れている）を十分自覚したものになるだろう。それが日本文学の伝統に回帰するのか、国際的な世界文学の様相を押し進めるのか分からない。ここに堀の言葉がある。

「僕なんぞも僕なりには戦つてきたつもりだ。だんだんさういふfatalなものに一種の詮めにちかい気もちも持ち出してゐるが。しかし、まだ踠がけるだけ踠がいてみるよ。」

戦後最初の、それが作品らしい作品の最後となった「雪の上の足跡」（一九四六・三）の「主」の「学生」への答えである。戦う対象は、日本文学の宿命と言っていいが、当面、自然主義的私小説の風土と言って間違いはないだろう。村上も同様の戦いを宿命として生きている。それは日本の作家の運命にかかわる。

村上は江藤にどんなに論難されようとも、江藤の意味するフォニーを止めはしなかっただろう。サブカルチュアーは現代文学の可能性の内にある。「上手な嘘をつくことを職業とするもの」として「日々真剣に虚構を作り続けている」小説家として「嘘」を語る（騙る）ことを改悛などすることなく文学生成の水脈を掘り下げて行くに違いない。リルケの、

「いまこそ、われわれの生は、われわれの運命より以上である事が証明されなければならない。」

これが堀の後期文学のテーゼとなった。生い立ちの事実からの道のりでもあった。村上もそうした二生を経る「生」と両身ある「身」を生きている。江藤もそうだったし、それを承知していたはずである。

初出一覧

現代日本文学生成の水脈—序に代えて（書き下ろし）

村上春樹／堀辰雄—アメリカへ／フランスから— 原題「村上春樹／堀辰雄　序説」（「芸術至上主義文芸」二〇〇七・一一）「村上春樹へ／堀辰雄から、アメリカへ／フランスから—江藤淳の評言と構想を媒介に—」（「文学論叢」二〇〇八・三）

「新感覚」の「供物」／「生命」の領略—横光利一・『静かなる羅列』『ナポレオンと田虫』と『春は馬車の乗つて』『花園の思想』の聯繫から見る—（「横光利一研究」二〇〇八・三）

看取りのフィアンセあるいは青春の別れ—横光利一『春は馬車に乗って』『花園の思想』と堀辰雄『風立ちぬ』に見る—、原題「看取のフィアンセ、あるいは青春の別れ—横光利一『春は馬車に乗って』と堀辰雄『風立ちぬ』に見る—」（「東洋学研究」報告二〇〇七・三）

現代日本文学の〈ヴィ〉堀辰雄と中野重治

——一九二〇年代・「驢馬」時代——（「東洋学研究」一九九九・三）

——一九二〇年代（二）——（「東洋学研究」二〇〇〇・三）

——一九三〇、四〇年代・二つの道——（「東洋学研究」二〇〇一・三）

——戦後の道・別れの曲——（「東洋学研究」二〇〇二・三）

村上春樹への射影／江藤淳『昭和の文人』の堀辰雄—生い立ちの事実、リアリズム、フォニーをめぐる—（書き下ろし）

＊初出について字句・用字など全面的な改更をほどこした。

あとがき

初出の「村上春樹へ／堀辰雄から、アメリカへ／フランスから」には、冒頭、次の一文があった。

「初読に近い村上春樹作品を思い切ってゼミの一つに取り上げたら、おもいがけない学生のノリで二年続けた。そうして思いがけなくも村上春樹作品から堀辰雄作品が想起されたということ、それに伴って〈村上春樹へ堀辰雄から〉の連関が見出されということは、今ならわずかに説けるような気がする。」

この初体験にも等しい学生のあの熱気は、どこから発するのだろう。単に人気の現代作家というには埒を超えていた。その延長で村上文学から射影する夏目漱石をかわきりに、戦後文学の武田泰淳、島尾敏雄と続けて、明年は大江健三郎に入る。本丸の村上がプリンストン大学の講義に使った小島信夫などの第三の新人や川端康成、谷崎潤一郎、三島由紀夫を残している。影響は実際に読み、それを披瀝したものについてだけいえるのではない。実人生や現実体験がそうであるように、文学や文化のメッソドやフォームやスタイルからも、それは探り出されるのが生産的である。

私は久しく伊藤整の批評を準拠としている。若い頃の堀文学への反感のようなものを、伊藤の「死によって絶えず脅かされてゐる人間が、生命の旺溢に達しようとする願ひをもつて生を見る意識」という認識を護符として、堀の作品論に入った。このことは幾度か書いてきたことで、書くのはこれをとじめにする。堀文学は本書において伊藤を批評軸として、戦後文学に、村上文学に射影して未来像を示している。エリオットの『文芸批評論』同様に、ありとあらゆる現代文学を論ずるに、まず伊藤に当たることを習い性にしている。それは伊藤が私と同郷の作家・評論家として感性的に親しいばかりではない。伊藤は先入観にとらわれない目で問題の核心を衝く。伊藤は自然主義、とくに私小説のずばぬけた理解者だった。それでいて、芸術派もプロレタリア派も、伝統も革新も、悪徳すらも柔軟かつシビアに論証する。「伊藤整が何と言っているか確認しなさい。」これが学生への私の最初の注文である。伊藤は二十世紀のイギリスのジョイスやロレンスから出発したが、西欧を移入したアメリカの開明さとパラレルに東洋の西欧受容を体得した文学者でなかろうか。伊藤が村上文学をどう評したか、知りたいところだが、没後のこととてすべはない。が、推測することはできるし、本書の村上論のどこかに反映したかと思われる。

それにしても、本書を校正しつつたどりついた、「驢馬」創刊号の中野重治の「北見の海岸」

における北方の人々へのシンパシーはどうだろう。「沖合はガスにうもれている／渚はびつしより濡れてゐる」北緯四十度への共感は、「裸像」創刊号の「しらなみ」の「越後のくに親不知市振の海岸」にかよってなんと私の育ちに親しいことか。それをして私が、同号の「何と云つたらいゝか」の「ゴミ溜」や「ハンモック」の都会人の淡い感受性の堀の研究者になったとは、いかなる「蓋然」からの「必然」なのであろうか。

最後に江藤はこうした本がやがて書かれることを予期していたと思えてならない。江藤はこの国のリアリズムへの信義から堀の文学に否定評を呈し、ひるがえって村上の文学を無言のうちに否定し去った。いや否定することで、結果、その真価を反証した。その逆接の傷みに私は心づいた。

本書は私にとって記念すべきものであり、これが鼎書房から上梓されることをよろこぶ。社主の加曽利達孝氏には、創設された鼎書房の『室生犀星事典』の企画・編集人の一人としてお世話になった。衷心から御礼を申し述べる次第である。

二〇〇八年一〇月二〇日

竹内清己

著者紹介

竹内 清己（たけうち きよみ）

一九四二年北海道室蘭市生まれ。現在、東洋大学文学部教授。文学（博士）。日本文藝家協会会員。

著書『堀辰雄の文学』『堀辰雄と昭和文学』『センスの場所 近代詩散歩』『文学構造 作品のコスモロジー』『日本近代文学伝統論 民俗／芸能／無頼』『堀辰雄 人と文学』、その他『近代芸能文学』（共編）『近代無頼文学』（共編）『文学空間 風土と文化』（編）『作家の伝記 井上靖』（編・解説）『作家の伝記 堀辰雄』（編・解説）『堀辰雄事典』（編）『堀辰雄「風立ちぬ」作品論集成』（編）『概説日本文学文化』（共編）『いのちの文箱 名作に見る看・護・療』（共編）『室生犀星事典』（共・編企画）など。

村上春樹・横光利一・中野重治と堀辰雄
――現代日本文学生成の水脈――

発行日 二〇〇九年一一月三〇日
著 者 竹内清己
発行者 加曽利達孝
発行所 鼎 書 房
〒132-0031 東京都江戸川区松島二-一七-二
TEL・FAX 〇三-三六五四-一〇六四
印刷所 太平印刷社
製本所 エイワ

ISBN978-4-907846-65-7 C0095